Ellen Berg

Immer muss man selber feiern

(K)ein Weihnachts-Roman

rütten & loening

Ellen Berg, geboren 1969, studierte Germanistik und arbeitete als Reiseleiterin und in der Gastronomie. Heute schreibt und lebt sie mit ihrer Tochter auf einem kleinen Bauernhof im Allgäu. Weihnachten war schon immer ihre Lieblingsjahreszeit: ein Fest der ganz großen Gefühle!

Zahlreiche Romane von ihr liegen im Aufbau Taschenbuch vor und sind große Erfolge. Besuchen Sie die Autorin auch auf: aufbau-verlage.de/ellen-berg

Ellen Berg

Immer muss man selber feiern!

(K)ein
Weihnachts-Roman

rütten & loening

MIX
Papier | Fördert
gute Waldnutzung
FSC® C083411
FSC
www.fsc.org

ISBN 978-3-352-01020-0

Rütten & Loening ist eine Marke der Aufbau Verlage GmbH & Co. KG

1. Auflage 2025

www.aufbau-verlage.de
10969 Berlin, Prinzenstraße 85

Bei Fragen zur Sicherheit unserer Produkte wenden Sie sich bitte an
produktsicherheit@aufbau-verlage.de.
Abbildungen Innenteil © Adobe Stock / Asymme3 und Anastasia
Satz LVD GmbH Berlin
Druck und Binden CPI books GmbH, Leck, Germany

Printed in Germany

Prolog

Ich kann nicht mehr. Ich will nicht mehr. Der Kalender zeigt den 23. Dezember. Morgen ist Heiligabend, und ich möchte nur noch irgendwohin, wo ich dem ganzen Weihnachtsschlamassel entfliehen kann. Am besten ans Ende der Welt. Auf eine einsame Insel zum Beispiel, wo mir eine Kokosnuss auf den Kopf fällt, damit endlich Ruhe ist.

Schluchzend hocke ich auf dem geschlossenen Toilettendeckel und putze mir zum hundertsten Mal die Nase. Ich versuche ja, stark zu sein. Meine Tränen runterzuschlucken. Aber das ist ungefähr so sinnvoll, wie einem Veganer eine Schweinshaxe aufzudrängen. Immer mehr Tränen strömen aus meinen Augen, mit einer Urgewalt, als müsse alles raus, was sich in den letzten Wochen aufgestaut hat.

Eigentlich ist der Dezember meine absolute Lieblingsjahreszeit. Jeder einzelne Tag ein Festival unbändiger Vorfreude, aufgeladen mit verheißungsvollem Tannenduft und Liebe, ganz viel Liebe. Das war einmal. Alles vorbei. Seit Tagen balanciere ich am Rande des Nervenzusammenbruchs, nun ist er da. Von der starken Frau, die als Partnerin, Mutter und beste Freundin immer alles wuppt, ist nur noch das heulende Elend übrig.

Ob kaltes Wasser hilft? Geschüttelt von Weinkrämpfen stehe

ich auf und schleppe mich zum Waschbecken. Was ich im Spiegel sehe, macht mich allerdings auch nicht froher. Wem zum Teufel gehört dieses verquollene Gesicht mit den rot geweinten Augen?

»Nele?« Jemand klopft an die Badezimmertür. »Was machst du so lange da drin?«

Erschrocken halte ich inne. Herr im Himmel, das ist Gabriele. Mein Schwiegermonster in spe. Das heißt, sie wäre es, wenn ich heute Ja gesagt hätte. Habe ich aber nicht. Weil ich komplett durch den Wind bin und gar nicht mehr weiß, ob das mit Nick und mir für immer reicht. Soll man allen Ernstes einen Mann heiraten, der den romantischsten Moment im Leben einer Frau zerstört, indem er den Heiratsantrag nicht etwa mit einem Arm voller roter Rosen garniert, sondern mit seinen behämmerten Eltern?

»Hallo?« Gabrieles diamantscharfer Sopran rutscht noch eine Oktave höher. »Was hast du denn?«

Ich habe Alltag, lautet meine Standardantwort. Aus aktuellem Anlass könnte ich hinzufügen: und einen gewaltigen Weihnachtsblues. Aber das würde diese Frau gar nicht verstehen.

»Kommst du jetzt endlich da raus?«, legt sie mit einem gefährlich drohenden Unterton nach.

»Kurze Antwort oder lange Geschichte?«

»Kurze Antwort natürlich!«

»Nein.«

»Wie bitte?« Für einen Moment scheint es ihr die Sprache verschlagen zu haben. »Das musst du mir gefälligst erklären!«

»Dann wird's aber doch eine lange Geschichte.«

Und zwar eine unerfreuliche, in der Gabriele eine tragende Rolle spielt. Seit Anfang Dezember terrorisiert sie mich mit ihren Anrufen. Schon morgens um sieben ist sie auf Betriebstemperatur. Dann klingelt sie durch und weiß alles besser. Wie man einen Baum schmückt, was man Kindern schenken sollte und was nicht, welche Plätzchenrezepte die besten sind, wie ich den Tisch zu decken habe.

»Du bist so egoistisch!«, schnaubt sie. »Wenn du noch einen Funken Anstand im Leib hast, öffnest du jetzt die Tür! Sonst musst du dir für alle Zeiten vorwerfen, dass du viele liebe Menschen unglücklich gemacht hast!«

Wie man hört, betreibt Gabriele emotionale Erpressung als Ausdauersport. Ich hab's so dicke mit ihren Schuldzuweisungen. Deshalb bleibe ich stumm, auch als heftig gegen die Tür gebummert wird und Nicks sonorer Bass dazwischengeht.

»Lass mich mal, Mutter. Neeeleee? Kann ich dir irgendwie mit diesem … Dings, also, diesem Weihnachtszeug helfen?«

Zu spät. Auf diese Frage warte ich seit Wochen. Nicht, dass Nick ein fauler Sack wäre. Er tut, was er kann. Aber er kann halt nichts. Zumindest nicht in dieser Hinsicht. Sicher, er schleppt unentwegt Wasserkästen, kloppt Dübel in die Wände, bringt den Müll raus und wurstelt sich durch IKEA-Bauanleitungen, die in etwa so unterkomplex sind wie das Steuerpult eines Jumbojets. Aber Weihnachtsvorbereitungen? Fehlanzeige. Was bedeutet, dass die Verantwortung für den Christmas-Countdown ganz allein auf meinen schmalen Schultern gelastet hat. Und immer noch lasten würde, wenn ich nicht die Notbremse gezogen hätte

»Bitte, Schatz, sag doch was!«, fleht er, untermalt von weiterem Gebummer. »Liiieeebling!«

Von wegen Liebling. Würde er mich wirklich lieben, hätte er meinen Megadauerstress schon früher registriert. Ich wollte es halt allen recht machen. Lustig. Auf so was Bekloppptes können auch nur Frauen kommen. Zumindest eine Frau wie ich, die sich Tag für Tag abstrampelt, um tausend Pflichten unter einen Hut zu bekommen. Jetzt fühle ich mich wie eine Marathonläuferin, die alles, wirklich alles gegeben hat, aber wenige Meter vor der Ziellinie zusammengebrochen ist.

»Dann feiern wir Weihnachten eben ohne dich!«, zetert Gabriele. »Du bist wirklich unmöglich!«

Aha. Der Kampf ist offenbar entschieden, der Dampf noch lange nicht raus.

»Mum? Darf ich zu dir reinkommen?«

Das ist Alisas zartes Stimmchen. Prompt wird mein Herz auf Tischtennisballgröße zusammengequetscht. Meine Tochter kann schließlich nichts dafür, dass ich völlig am Ende bin. Na ja, ein bisschen schon.

»Mammiiieee!«, meldet sich nun auch ihr kleiner Bruder Benny zu Wort. »Ich – muss – mal!«

Es klingt gekünstelt, wie aufgesagt. Als hätte ihm jemand eingeflüstert, eine volle Blase sei die ultimative Taktik, mich doch noch aus dem Badezimmer zu locken.

»Geht nicht, Benny, Mami braucht eine Auszeit!«

Am ganzen Körper zitternd hocke ich mich unter das

Waschbecken und lege meinen Kopf zwischen die Knie. Wenn ich mich recht entsinne, nennt man das, was ich gerade durchlebe, eine Panikattacke.

Atmen, Nele. Ein und aus. Ein und aus. Geht doch.

»Das tut mir alles so leid, Mutter«, höre ich Nick sagen. »Womöglich hat sich Nele übernommen. Ich wusste gar nicht, dass sie so ein Nervenbündel ist.«

»Ich auch nicht!«, rufe ich.

»Du nimmst sie also in Schutz?«, mosert Gabriele. »Langsam wird's echt peinlich.«

Und wenn schon. Macht doch, was ihr wollt. Ich bin raus. Aber so was von.

Zum zweihundertsten Mal putze ich mir die Nase. Atme ein, atme aus. Und weiß nicht weiter. Wenigstens hat Nick mich gerade verteidigt. Am liebsten würde ich mit ihm durchbrennen. Auf der einsamen Insel meiner Fantasie mit ihm stranden und nur noch in seinen Armen liegen, ihm zärtliches Zeug ins Ohr flüstern, über seine albernen Kalauer lachen. Schuhfabrik mit Absatzproblemen beispielsweise. Oder Zäpfchen zum Einführpreis. Nicht sonderlich subtil, ich weiß. Aber ist es nicht wahre Liebe, wenn man selbst über die dussligsten Witze lacht, wenn sie vom Richtigen kommen?

Ist Nick noch der Richtige? Minus Eltern, minus ein paar unschöne Macken, die in den vergangenen Wochen zum Vorschein gekommen sind: ja, definitiv. Er ist der Mann, der mich auffängt, wenn ich down bin, der mich zum Strahlen bringt, wenn's zappenduster wird.

Liebes Christkind, ich will diesen Nick zurück. Und ich will mein Weihnachten zurück, das stille schöne harmonische Weihnachten, auf das ich mich immer das ganze Jahr freuen konnte. Ach ja, und könntest du bei der Gelegenheit auch die Uhr zurückdrehen? Auf den Tag, als Nick und ich in diese Wohnung eingezogen sind?

Wie glücklich wir waren. Ausgelassen sind wir durch die Zimmer getanzt, als hätten wir aus Versehen bewusstseinsverändernde Substanzen genommen. Waren aber nur körpereigene Endorphine. Danach haben wir uns zwischen den unausgepackten Kartons geliebt. Wild, leidenschaftlich und mit dem sicheren Gefühl, dass eine großartige gemeinsame Zukunft vor uns liegt.

Ein neuer Schluchzer steigt in mir hoch. *Home is where your heart is* haben Nick und ich auf die Wand des Flurs gepinselt. Doch, ja, er ist immer noch mein Zuhause. Die Heimat meines Herzens. Nur dass es so verflixt schwierig ist, Liebe in etwas Alltagstaugliches zu verwandeln. In ein unkaputtbares Gefühl, das Stressfaktoren wie ständige Zeitnot, leidige Meinungsverschiedenheiten und übergriffige Eltern aushält.

Ich will ja nicht unfair sein, aber ich würde sagen, Nick hat's versemmelt. Komplett. Soll ich ihm eine zweite Chance geben? Meine Freundin Fiona meint, das sei wie ein Buch zweimal lesen: Man weiß schon vorher, wie das endet.

On the top wäre da ja auch noch die Sache mit Louis. Ich kenne ihn erst ganz kurz, doch er hat mir vor Augen geführt, wie einfühlsam ein Mann sein kann, wie sensibel für meine Stimmungen. Wie weihnachtsverrückt. So ganz anders als Nick.

Verdammte Axt, Nick! Was ist bloß mit uns passiert?

Knappe Antwort? Weihnachten ist passiert. Aber wie gesagt, das ist eine lange Geschichte. Am besten, ich fange von vorn an.

Kapitel 1

IT'S BEGINNING TO LOOK A LOT LIKE CHRISTMAS

Dreieinhalb Wochen zuvor

Mmhhh. Genüsslich beiße ich in das Lebkuchenherz, eines mit Zuckerglasur, wie ich sie am allerliebsten mag. Für mich ist die Weihnachtszeit die beste Zeit überhaupt im Jahr. Naschzeit, Genusszeit, Kuschelzeit. Und ein Anlass, das eigene Zuhause in einen magischen Ort zu verwandeln. Als Queen of Schnickschnack und Gedöns lebe ich das in vollen Zügen aus. Sogar hier in der Küche erstrahlt alles im Lichterglanz von Schwibbögen, Duftkerzen und adventlich verzierten Windlichtern.

Schön. Einfach schön.

Passt auch zum Song aus meiner Weihnachtsliederplaylist, der gerade läuft. Den Text kann ich auswendig: »It's beginning to look a lot like Christmas.« So langsam sieht's sehr nach Weihnachten aus.

Bei so viel Vorfreude macht auch das Kochen viel mehr Spaß. Schwungvoll befördere ich vier Kalbskoteletts in die Pfanne, wo sie brutzelnd Farbe annehmen. Normalerweise gibt's bei uns abends nur Brot, Käse, Wurst und Gemüsesticks, weil unser Familienalltag auch schon ohne Kochaktionen herausfordernd genug ist. Doch heute hat Nick sich was Besonderes zum Essen gewünscht. Und natürlich ist es mir eine Freude, meinem Liebsten eine Freude zu machen. Noch ein bisschen ungewohnt für mich, aber sehr, sehr beglückend nach so vielen Jahren Dauer-Singledasein.

Nachdem ich die Herdplatte runtergestellt habe, damit die Koteletts noch ein bisschen vor sich hin schmoren können, schlendere ich ins Schlafzimmer. Und bleibe wie angewurzelt stehen.

»Was soll das?«

»Was soll – *was*?«

Haha. Als ob Nick das nicht ganz genau wüsste. Fassungslos zeige ich auf die Lichterkette in seiner Hand. Die herzige Lichterkette mit den kleinen Schneemännern, die ich heute Morgen übers Bett gehängt habe. Und die soeben abmontiert wurde. Von Nick.

Tja. Meine Kinder lieben die Weihnachtszeit, ich liebe die Weihnachtszeit. Nick nicht. Gar nicht. Null.

Seit Tagen ärgert er mich mit seinen spitzen Kommentaren. Unseren bunt geschmückten Adventskranz findet er zu überladen, die vielen Duftkerzen zu penetrant, meine allerliebsten Porzellan-Nikoläuse auf dem Esstisch zu kitschig. Auch die bunten Glitzersternchen, die ich mit Alisa und Benny an die Fensterscheiben geklebt habe, findet er natürlich total daneben. Nicht gerade angenehm, feststellen zu müssen, dass ausgerechnet der Held meines Herzens ein Weihnachts-Grinch ist. Aber noch lange kein Grund, einzuknicken.

»Die Lichterkette kommt wieder übers Bett«, befinde ich kühl. »Wenn du schläfst, siehst du die sowieso nicht.«

»Aber vor dem Einschlafen und nach dem Aufwachen.«

Mann, Mann. Stöhnend sinke ich auf die Matratze. Nick ist toll, ehrlich. Ein Pfundskerl mit dem Herzen auf dem rechten Fleck. Und extrem sexy. Noch immer bekomme ich Schluckbeschwerden, wenn er sich auszieht. Und noch immer gerät mein Herz jedes Mal ins Schlingern, wenn er einen Raum betritt. Schon allein sein unverwechselbarer Duft macht mich schwach. Die Blicke, die er mir zuwirft, wenn ich mir abends im Bad die Zähne putze. Die Art, wie er mich nachts umarmt, als hätte er Angst, ich könnte geklaut werden.

Dabei war unser Kennenlernen alles andere als romantisch. Kein Witz: Nick ist Polizist. So ein richtig krasser Cop wie aus einem amerikanischen Krimi. Als er mich im letzten Sommer beim Falschparken erwischte, wollte er meinen Wagen abschleppen lassen. Stattdessen hat er *mich* abgeschleppt. Oder ich ihn?

Egal, die Liebe traf uns wie ein Blitz. Es hätte ein Strohfeuer sein können. Doch als wir uns näher kennenlernten, stellten wir fest, dass einfach alles passte: unser Humor, unsere kulinarischen Vorlieben, unser Musikgeschmack, unsere Werte, na ja, auch der Sex. Vor allem der Sex. In den darauffolgenden Monaten kamen dann die ganz großen Gefühle hinzu. Wir spürten einfach, dass wir füreinander geschaffen sind. Warum? Weil wir uns nicht nur von Herzen lieben, sondern eine einzigartige Harmonie genießen, wie sie sich wohl nur ganz selten zwischen zwei Menschen entwickelt.

Besser gesagt: Wir *haben* diese einzigartige Harmonie genossen. Vor drei Wochen sind wir zusammengezogen. Vor drei Tagen war der erste Advent. Seitdem ist Beef in der Bude.

»Nick, Schatz.« Um bloß nicht krawallig überzukommen, gebe ich mir größte Mühe, meiner Stimme einen sanften, geradezu samtigen Klang zu verleihen. »Es sind doch nur wenige Wochen bis Weihnachten. Danach wird konsequent abgeschmückt. Warum lässt du mir und den Kindern nicht die kleine Freude?«

»*Klein* nennst du das?« Sein männlich kantiges Gesicht mit den blitzeblauen Augen verändert sich auf eine Weise, die mir nicht gefällt. »Du hast die Wohnung komplett überschwemmt mit deiner Adventsdeko. Und jetzt auch noch das Schlafzimmer? Obwohl du weißt, dass ich ein Problem mit dieser ganzen Weihnachtshysterie habe? Das wird doch jedes Jahr schlimmer. Schon im August wird man im Supermarkt von Spekulatius und Lebkuchen belästigt, überall tropft einem ›Last Christmas‹ ins Ohr, und vom Konsumterror will ich erst gar nicht anfangen.«

»Ernsthaft, Nick? Du sprichst von Weihnachtshysterie?« Aufgebracht zerknülle ich die Bettdecke. »Du bist hier der Hysteriker! Ist doch nicht normal, derart allergisch auf etwas zu reagieren, worüber sich andere freuen. Ich würde mal sagen: Wenn du jetzt schon wegen einer simplen Lichterkette ausflippst, bist du derjenige, mit dem was nicht stimmt.«

Das hat gesessen. Wütend kaut er auf seiner Unterlippe rum. Dann fährt er sich mit einer Hand durch das kurze dunkelblonde Haar und wirft mir einen eiswürfelkalten Blick zu.

»Oder mit *uns* stimmt was nicht, Nele.«

Mein Magen krampft sich zusammen. Hat er das gerade wirklich gesagt?

»Jetzt komm mal runter«, versuche ich den Ball flachzuhalten, der sowieso schon viel zu hoch fliegt. »Es geht um Deko. Nur um Deko. Doch nicht um uns.«

»Ach, ist das so?«

Blöde Frage. Klar geht es um uns. Wenn Paare über Lappalien wie falsch ausgequetschte Zahnpastatuben streiten, geht es nie um Zahnpastatuben. Und wenn sie über Weihnachtsdeko streiten, geht es eben auch nicht nur um Weihnachtsdeko.

Und bei uns? Worum geht es wirklich?

Wenn ich es richtig sehe, hat Nick massive Schwierigkeiten, sich zu akklimatisieren. Seit drei Wochen lebt er mit einer Frau und zwei Kindern zusammen. Gar nicht so einfach. Unsere Dating-Phase hatte diese herrliche Leichtigkeit, alles war Liebe, Lachen, Rausch. Jetzt sind wir eine Wohngemeinschaft, und der Alltag ist oft dunkelgrau: eng getaktete Zeitpläne, Einkaufen, Saubermachen, Familienpflichten. Dauernd muss irgendwas organisiert oder abgesprochen werden, spontane Unternehmungen sind wegen der Kinder ohnehin nicht drin, ganz zu schweigen von romantischen Momenten.

Auch die Gestaltung der gemeinsamen vier Wände ist natürlich ein Knackpunkt. Wenn man lange allein gelebt hat, ist man gewohnt, einsame Entscheidungen zu treffen. Jetzt reden drei weitere Personen mit, und für Nick steht es immer eins zu drei.

Ich glaube, es wird ihm alles zu viel. Die Kinderschuhe, die im Flur rumfliegen, die Schulbücher auf dem Küchentisch, mein Kosmetikkrempel im Badezimmer. Und nun auch noch meine Weihnachtsdeko. Alles eine Frage der Gewöhnung. Die wirklich große Frage aber ist, ob er sich daran gewöhnen *will*. Womöglich haben wir beide unterschätzt, wie kompliziert es ist, die ganz großen Gefühle in einer kleinen Patchworkfamilie auszuleben. Wir dachten, nach langen, langen Singlejahren hätten wir endlich den idealen Partner gefunden. Doch nun müssen wir uns in einer neuen Konstellation zurechtfinden. Für Nick ist das vermutlich besonders schwierig, weil er noch nicht richtig weiß, welche Rolle er hier eigentlich einnimmt. Lover mit Familienanschluss? Ersatzvater für meine Kinder? Family-Manager?

Während ich die kleinen Schneemänner an der Lichtergirlande betrachte, wird mir plötzlich flau. Dies ist unser erster richtiger Streit. Wenn wir jetzt nicht höllisch aufpassen, segeln wir womöglich in unsere erste Beziehungskrise. Was tun? Hart bleiben, weil ich sonst für alle Zeiten untergebuttert werde? Oder die goldene Regel beherzigen, dass der Klügere nachgibt?

Aber was wird dann aus den Herzchen, mit denen ich die Wohnung am Valentinstag schmücken möchte? Was aus den handbemalten Porzellaneiern, die ich immer in der Osterzeit aufhänge? Und was ist mit den Geburtstagsgirlanden und der herrlich gruseligen Halloween-Deko aus meinem unerschöpflichen Fundus? Soll das etwa alles im Sondermüll landen?

Bei aller Liebe, so extrem verbiegen lasse ich mich nicht. So wenig, wie ich einen Mann brauche, der mir sagt, wo's langgeht.

»Schatz.« Ich atme einmal tief durch. »Wie dir bekannt sein dürfte, bin ich dir bei der Einrichtung unserer Wohnung kilometerweit entgegengekommen. Ich mag's gemütlich und verspielt. Du magst es superclean. Deshalb habe ich auf meine geliebten weißen Häkelgardinen verzichtet, auf den bunten Flokati, auf meine Sammlung mit Holzelefanten, sogar auf die nachgemachte Tiffanylampe, die immerhin ein Erbstück von meiner Oma war.«

Erschöpft halte ich inne. Ja, um des lieben Friedens willen habe ich so einige Kröten geschluckt. Mein Blick schweift über die Wände des Schlafzimmers. Ich hätte sonniges Gelb bevorzugt, Nick wollte es unbedingt kalkweiß. Ich habe mir ein plüschiges Kuschelbett gewünscht, er fand das too much. Geeinigt haben wir uns auf ein schlichtes holzumrandetes Modell. Ohne gepolstertes Kopfteil natürlich.

»Jeder hat halt seinen eigenen, ähm, Stil«, sagt er mit hochgezogenen Augenbrauen und schaut an mir vorbei zu meinem Nachttisch.

Ich folge seinem Blick. Ach, das. Die Nachttischlampe ist ein fancy Teil in Form eines bunt schillernden Einhorns. Okay, okay, in puncto Geschmack bin ich wahrscheinlich nie über die Pubertät hinausgekommen. Meine knausrigen Eltern weigerten sich strikt, mir irgendwas Kindgemäßes oder auch nur im Ansatz Extravagantes zu kaufen, weshalb ich wohl so einiges nachzuholen habe.

Das quietschbunte Einhorn ist dann aber auch alles, was hier im Schlafzimmer meine Handschrift trägt. Doch irgendwann ist selbst bei mir die Schmerzgrenze erreicht.

»Was denn noch, Nick?«, bricht es aus mir heraus. »Was erwartest du? Ist es denn wirklich so schlimm, wenn ich rund um Weihnachten mal aus dem Vollen schöpfe?«

»Das wäre überhaupt nicht schlimm, wenn du nicht so krass übertreiben würdest«, brummt er gereizt. »Schon Ende November ging's doch los. Dauernd wurden Kerzenständer bemalt und Strohsterne gebastelt und Plätzchen gebacken ...«

»Wer früher anfängt, freut sich länger«, verteidige ich mich. »Oder willst du mir etwa mal zeigen, wo das Backblech hängt?«

»Nein, dich nur daran erinnern, dass du neuerdings mit einem Mann zusammenlebst, der auf den puristischen Style steht. Scheint noch nicht bei dir angekommen zu sein, dass Kompromisse die Basis jeder Beziehung sind.«

Schlaumeier. Vielleicht bin ich ja nicht gerade eine Beziehungsgranate, schließlich war ich jahrelang Single Mum. Aber wenn das mit Nick und mir funktionieren soll, dürfen Kompromisse keine Einbahnstraße sein. Zumal die Weihnachtszeit eine hochemotionale Zone ist. Im Idealfall Wellness für die Seele. Doch die vielen kleinen Nadelstiche seit dem ersten Advent haben mich dünnhäutig gemacht. Dieses Augenverdrehen, als ich den Adventskranz schmückte. Oder die Art, wie Nick schweigend einen Weihnachtsengel aus dem Badezimmer entfernte, den ich an den Spiegel gehängt hatte. Zeit für eine klare Ansage.

Langsam stehe ich auf und kreuze die Arme vor der Brust. Viel lieber würde ich Nick küssen. Ausgiebig. Überall. Zum Beispiel seitlich am Hals, was ihn jedes Mal verrückt macht. Doch leider sind wir im Fight-Modus. Und schließlich heißt es: Wer kämpft, kann verlieren, wer nicht kämpft, hat schon verloren.

»Erstens: Die Lichterkette kommt wieder dran«, fauche ich.

»Schade, schade.« Er hat doch tatsächlich die Stirn, ein bisschen zu grinsen. »Ich dachte, es reicht, wenn ich durch meine Anwesenheit das Schlafzimmer verschönere.«

Sehr witzig.

»Zweitens: Du wirst uns nicht weiterhin die Weihnachtszeit vermiesen. Schon gemerkt? Du wohnst jetzt mit einer Frau und zwei Kindern zusammen, die total auf Weihnachten stehen. Das scheint noch nicht bei *dir* angekommen zu sein. Es müssen nicht alle anderen verlieren, damit du gewinnst.«

Ungläubig reißt er die Augen auf.

»Was? Du bist hier doch diejenige, die am Toleranzminimum lebt.«

»So blöd, wie ich das finde, kannst du mir gar nicht kommen!«

»Nele.« Zwischen seinen Augenbrauen erscheint eine steile Falte. »Worüber reden wir eigentlich?«

»Nicht! Ohne! Meine! Lichterkette!«

Mist. Ich hasse Streit. Mittlerweile ist mir richtig schlecht. Auf einmal wird der Wunsch übermächtig, den ganzen Quatsch sein zu lassen und mich in Nicks Arme zu werfen. Ist gerade der falsche Moment, aber ich kann nicht anders.

»Komm schon, wir kriegen das hin«, murmele ich in sein kariertes Flanellhemd, das so wunderbar vertraut riecht. Nach Nick. Nach Liebe. Verzückt reibe ich meine Wange an dem weichen Stoff. »Wir haben doch immer alles hingekriegt.«

Nur sehr, sehr zögernd legt er seine Arme um mich. Dann etwas fester. Bis sich unsere Lippen finden und wir in einem jener Küsse verschmelzen, die mich restlos um den Verstand bringen. Wow. Ich hätte jetzt Riesenlust auf Versöhnungssex. Bonoboaffen haben sogar Sex *statt* Streit. Das konnte ich einer dieser lehrreichen Tier-Dokus entnehmen, bei denen man seinen Kindern an gewissen Stellen die Augen zuhalten muss. Doch wenn man der menschlichen Spezies angehört und mit zwei Kindern zusammenlebt, sind spontane erotische Einlagen leider ausgeschlossen.

Nick scheint Ähnliches zu denken. Als wir uns voneinander lösen, streicht er mir zärtlich eine Locke aus der Stirn.

»Wir sollten uns nicht um so einen Bullshit streiten. Lieber heute Nacht nonverbal weiterdiskutieren.«

Seine Lippen streifen mein linkes Ohrläppchen, was mir wohlige Schauer über den Rücken treibt. So was hat er wirklich drauf.

»Und die Lichterkette?«

»Kann von mir aus dranbleiben. Aber das war's dann mit dem Weihnachts-Trash im Schlafzimmer. Bis hierher und nicht weiter, versprochen? »

»Geht klar, sofern du nicht weiter von *Trash* sprichst«, flüstere ich.

»Also schön – Deko.« Verschmitzt sieht er mich an. »Bevor meine Eltern an Weihnachten aufkreuzen, können wir ja noch ein bisschen abrüsten. Beziehungsweise etwas von deinem Trash …, also von der Deko wegräumen.«

»Sekunde mal.« Unwillkürlich versteife ich mich, und ich

spüre, wie mir der kalte Schweiß ausbricht. »Deine Eltern? Was haben die denn hier an Weihnachten verloren?«

»Wieso?« Auch Nick macht auf einmal einen geraden Rücken. Irritiert schiebt er mich ein Stückchen von sich weg. »Ich feiere *immer* mit meinen Eltern. Alle drei Festtage. Habe ich dir das nie gesagt?«

»Nein?« Ich schlucke, weil ich auf einmal einen dicken Kloß im Hals habe. »Hast du sie etwa schon eingeladen?«

»Ja, aber wo liegt das Problem? Ich schätze mal, deine Eltern kommen doch auch, oder?«

Nein, tun sie nicht. Zu meiner komplizierten Vorgeschichte gehört, dass das Verhältnis zu meinen Eltern nie sonderlich doll war. Genauer gesagt, ist es extrem schwierig. Unüberwindliche Meinungsverschiedenheiten, heftige Auseinandersetzungen, lautstarke Kräche, so was in der Art.

»Die Sache ist die«, mit einem Finger massiere ich meine Nasenwurzel, »früher gab es an Weihnachten immer Zoff mit meinen Eltern, deshalb feiern wir seit Jahren harmonisch getrennt.«

»Aha.«

Leider kenne ich Nick bereits in- und auswendig. Deshalb weiß ich, was dieses *Aha* bedeutet: *Wieso um Himmels willen kriegst du das mit deinen Eltern nicht auf die Kette? Was stimmt nicht mit dir?*

»Jedenfalls essen wir an Heiligabend immer Sauerbraten«, fährt er fort, als hätte er meine Ablehnung gar nicht bemerkt. »Den sollten wir rechtzeitig beim Metzger bestellen. Dazu wäre Rotkohl schön.«

Auch das noch. Spießiger geht's nun wirklich nicht. Wer zieht sich denn heutzutage noch so ein Trumm von Braten rein? Ich schüttele so energisch den Kopf, dass mir meine hellbraunen Locken um die Ohren fliegen.

»Nur zu deiner Information, bester Nick: Heiligabend gibt's bei uns immer Kartoffelsalat mit Würstchen, am ersten Weihnachtstag dann Raclette. Am zweiten Feiertag geht's zum Mädels-Weihnachten bei meiner Freundin Hermine. Anschließend spendiere ich den Kindern Hamburger und frittierte Sonnenstrahlen.«

»Frittierte … was?«

»Pommes, Nick. So, wie alles andere, gehört das zu unserem heiligen Ritual.«

»Dann muss euer oberheiliges …«, Nick, der jetzt ebenfalls äußerst energisch wirkt, malt sarkastische Gänsefüßchen in die Luft, »… *Ritual* eben einem neuen weichen.«

»Niemals!«

»Mami?« Vorsichtig lugt Alisa ins Zimmer. »Alles in Ordnung bei euch?«

Meine Große ist erst acht, aber ziemlich plietsch. Aufmerksam schaut sie zwischen uns beiden hin und her.

»Natürlich, Liebling, alles fein«, beruhige ich sie. »Hach, du siehst sooo cute aus in deinem neuen Schlafanzug!« Es ist ein Frotteeschlafanzug mit aufgedruckten Nikoläusen. Ich ignoriere Nicks Augenrollen. »Wirklich süß.«

Seine Reaktion ist Alisa keineswegs entgangen. Herausfordernd baut sie sich vor Nick auf.

»Wusstest du, dass nur sechzehn Prozent der Deutschen

vom Harmonie- und Besinnlichkeitszwang der Weihnachtszeit genervt sind? Allen anderen gefällt's.«

Vielleicht sollte ich an dieser Stelle erwähnen, dass Alisa die Schlaubirne unserer Familie ist. Sie merkt sich Zahlen und Fakten, von denen andere nicht mal gehört haben. In der Schule heißt sie nur Miss Wikipedia.

»Interessant«, zischt Nick zwischen den Zähnen.

»Wusstest du auch, dass in der Weihnachtszeit die meisten Kinder gezeugt werden?«, feuert Alisa den nächsten Beweis ihres enzyklopädischen Wissens ab. »Im September ist die Geburtenrate nämlich am höchsten.«

Nick tauscht einen Blick mit mir, der wohl so was wie OMG bedeuten soll. Doch Alisa ist noch nicht am Ende mit ihrer kleinen Quizrunde.

»Dann weißt du aber, dass Schildkröten mit dem Rektum atmen können, oder?«

»Mit dem ...« Helle Panik steht in Nicks Augen. »Rektum.«

»Wirklich hochinteressant«, flöte ich. »Dann wäre das ja geklärt, und wir können jetzt alle zusammen abendessen.«

»Was gibt's denn, Mum?«

»Nick hat sich Kalbskoteletts gewünscht und ...«

»Hilfe! Nein! Neeeeiiiiiin!«

Konsterniert starre ich meine schreiende Tochter an. So habe ich Alisa ja noch nie erlebt. Normalerweise ist sie das besonnenste, ausgeglichenste Kind der Welt.

»Was ist denn, Liebes?«, frage ich etwas hilflos.

»Ich esse keine Babys!«, heult sie los. »Das ist voll gemein!«

»Aber Alisa, Schätzchen ...«

»Ich esse überhaupt kein Fleisch mehr!«, schleudert sie mir derart erbittert entgegen, dass ich einen Schritt zurückweiche. »Auch keine Milchprodukte! Eier schon gar nicht! Da schlafen kleine Küken drin, wusstest du das? Ich will keine Kindsmörderin sein!«

Damit rennt sie aus dem Schlafzimmer und lässt mich völlig entgeistert zurück. Wo kommt das denn alles auf einmal her? Mir fehlen die Worte. Nick keineswegs. Feixend stemmt er die Fäuste die Hüften.

»Ich weiß ja nicht, wie du das interpretierst, aber ich denke, Würstchen, Raclette und Hamburger kannst du an Weihnachten knicken.«

Mit hängenden Schultern stehe ich da. Von wegen Wellness für die Seele. Soeben hat meine geliebte Weihnachtszeit den Schleudergang eingelegt. Wie soll ich bloß die nächsten Wochen durchstehen?

Positiv denken, Nele. Immerhin hast du schon dein erstes Wichtelgeschenk bekommen: Tag im Eimer.

Kapitel 2
DRIVING HOME FOR CHRISTMAS

»Du große Güte!« Kopfschüttelnd stopft sich Fiona einen meiner selbstgebackenen Mandelkekse in den Mund. »Nur weil Nick deine Lichterkette blöd findet, wirst du doch wohl nicht eure Beziehung infrage stellen.«

»Aber so fängt es an«, entgegne ich heiser. »Immer. Erst waren es Nikoläuse, Duftkerzen, Glitzersternchen, jetzt ist es die Lichterkette. Irgendwann gefällt ihm auch meine Nase nicht mehr.«

»Nun mal halblang«, mischt sich Hermine ein. »Ihr seid vor gerade mal drei Wochen zusammengezogen. Ist doch völlig normal, dass ihr euch erst mal zusammenraufen müsst.«

Sagt die Frau, die noch nie so was wie eine längere Beziehung hatte. Na, besten Dank auch.

Mit gekreuzten Beinen hocke ich auf Hermines verblichener blauer Biedermeiercouch. Nachdem die Kinder im Bett waren, bin ich sofort zu ihr gefahren und habe von unterwegs auch unsere gemeinsame Freundin Fiona angerufen. Als die hörte, dass eine Krisensitzung ansteht, ist sie ebenfalls losgesaust. Wir sind halt ein verschworenes Trio. Beste Freundinnen durch dick und dünn. Gemeinsam haben wir bereits so einige heikle Situationen gestemmt.

Ein kleines Wunder, wenn man bedenkt, wie unterschiedlich wir sind. Im Gegensatz zu mir war Fiona ihr halbes Leben lang im Hauptberuf Gattin. Erst als sie aus ihrer wohlsituierten Eigenheimidylle gerissen wurde, weil man ihren Mann Paul gefeuert hatte, konnte sie zeigen, was sie draufhat. Inzwischen hat sie sich zur Geschäftsführerin einer Biobäckerei hochgearbeitet und by the way Paul in den Wind geschossen. Hermine dagegen war immer schon Single. Sie ist einige Jahre älter als Fiona und ich – wir gehen beide auf die Vierzig zu – und kümmert sich aufopferungsvoll um ihre pflegebedürftige Mutter. Als Volkshochschuldozentin für Informatik hat sie außerdem ein paar Computerhacks drauf, die uns im vergangenen Sommer äußerst nützlich waren. Mehr als das. Hermine hat uns den Allerwertesten gerettet.

Ach ja, und da wäre noch ich: Nele Tremper, Kosmetikerin, Mutter zweier hinreißender Kinder, Lebensgefährtin eines Cops und total aufgeschmissen.

»Ich kann Nicks Weihnachtsphobie überhaupt nicht nachvollziehen«, seufze ich. »Ist doch nichts dabei, wenn man sich auf das Fest der Liebe freut. Und das auch zeigt.«

»Ganz deiner Meinung«, nickt Fiona. Ein weiterer Keks wandert in ihren Mund, während sie ein paar Krümel von ihrem eleganten cremefarbenen Strickkleid schnippt, ein Relikt aus besseren Zeiten. »Soll er doch bis Weihnachten zu einem seiner Kumpels ziehen. Bestimmt kennt er jede Menge Kerle mit dekofreien Männerhöhlen, in denen nur

Spielkonsolen, versiffte Sessel und halbleere Bierkästen rumstehen.«

»Halte ich für wenig zielführend«, entgegnet Hermine düster. »Wenn du's nicht mehr aushältst, komm einfach zu mir, Nele. Bring auch gern die Kinder mit. Alisa spielt doch so gern mit meiner Barbie-Sammlung.«

»Jedenfalls wäre das besser als eine überstürzte Trennung«, räumt Fiona ein. »Hier hast du den perfekten Escape Room.«

»Driving home for Christmas sozusagen«, ergänzt Hermine.

Ja, ihr Wohnzimmer ist so etwas wie ein zweites Zuhause für mich geworden. Gerade in der Weihnachtszeit. Hier gibt es keine Limits, was Deko und Gedöns betrifft. Nicht nur die vielen Antiquitäten verleihen dem Raum etwas Heimeliges, pünktlich zum ersten Advent hat Hermine auch schon kräftig geschmückt. An den Wänden blinken bunte Lichterketten, auf dem Tisch steht eine Vase mit Tannenzweigen, über und über mit Sternchen und Engelchen behängt. Der Blickfang des Raums ist ein lebensgroßer, von innen beleuchteter Weihnachtsmann, der so lieb lächelt, dass mir immer das Herz aufgeht.

Aber »Driving home for Christmas«? Müsste ich mich nicht in meiner eigenen Wohnung zu Hause fühlen? Gerade an Weihnachten?

»Nele.« Mit ihrem besten Dozentinnenblick rückt Hermine ihren grauen Haarknoten zurecht. »Vielleicht solltest du einsehen, dass du nicht alle glücklich machen kannst.«

»Das kann sowieso nur Schokolade«, wirft Fiona ein. »Oder man ersetzt den Morgenkaffee durch Eiergrog.«

»Wie wär's mit Glühwein?«, fragt Hermine. »Wenn im Wein die Wahrheit liegt, könnte im Glühwein doch die Erleuchtung liegen.«

Sachlich bleiben. So wichtig. Gequält presse ich die Lippen aufeinander.

»Das Schlimmste kommt ja noch: Nick besteht darauf, dass seine Eltern die Weihnachtstage bei uns verbringen.«

Stille. Mehr muss ich auch gar nicht sagen. Mein Weihnachten ist eine elternbefreite Zone, das wissen Fiona und Hermine. Eine Weile nippen wir stumm an der Apfelschorle, die Hermine uns kredenzt hat. Dann ergreift Fiona das Wort.

»Vielleicht wird's ja gar nicht so schlimm. Nicks Eltern waren doch bei der Einweihung deines Kosmetikstudios. Sahen nett aus, die beiden.«

»Nett?« Jetzt brauche ich auch einen Mandelkeks. Nachdem ich mir einen geangelt und in den Mund gesteckt habe, winke ich kauend ab. »Nicks Mutter ließ durchblicken, wie todunglücklich sie ist, dass sich ihr über alles geliebter Sohn ausgerechnet eine Frau mit zwei Kindern ausgesucht hat. Sie wünscht sich Enkelkinder. Eigene Enkelkinder.«

»Autsch«, entfährt es Fiona.

»Ja, autsch«, bekräftige ich. »Damit kann ich nämlich nicht dienen. Mein Leben mit Partner, Kindern und Job ist stressig genug. On the top ein Baby, das schaffe ich zurzeit einfach nicht. Vielleicht später mal, wenn mein Kosmetikstudio so gut läuft, dass ich mir eine Angestellte leisten kann. Aber im Moment liegt ein Baby außerhalb meiner Möglichkeiten.«

»Vielleicht tut's auch ein Hund?«, denkt Hermine laut nach. »Eventuell ein Zwergpudel? So was Kleines zum Spielen und Schmusen ersetzt locker ein Baby.«

»Das glaubst du doch wohl selber nicht«, erregt sich Fiona. »Das Problem sind schließlich Nicks Eltern. Da könnte Weihnachten leicht zum explosiven Notstandsgebiet werden. Irgendwann poppt das Thema Enkelkinder auf, und … booom!«

Heldenhaft widerstehe ich der Versuchung, mir einen zweiten Keks zu genehmigen. Nach der heutigen Lebkuchenorgie habe ich beschlossen, den berüchtigten Adventsspeck zu vermeiden, weil er mir immer das unbeliebteste aller Weihnachtsgeschenke beschert: eine neue Kleidergröße.

»Nicks Mutter würde es natürlich nie so deutlich formulieren, aber letztlich war klar, worum es geht«, erzähle ich weiter. »Sie will ein süßes Mini-Me. Auch Nicks Vater legt durchaus Wert darauf, dass seine Gene in die nächste Generation weitergegeben werden.«

»Und was will Nick?«, fragt Hermine.

»Keine Ahnung. Darüber haben wir nie gesprochen.«

»Hm, er ist definitiv die kinderliebe Sorte Mann.« Nachdenklich wickelt Fiona eine Strähne ihres kinnlangen blonden Haars um den Zeigefinger. »Ich meine, er geht toll mit Alisa und Benny um. Gut möglich, dass er sich irgendwann selbst ein Mini-Me wünscht.«

Hermine lehnt sich auf ihrem Stuhl zurück, einem betagten Teil mit blassrosa Polsterung, das vernehmlich knarrt.

»Hat er denn mal über Heirat gesprochen, Nele?«

»Bis jetzt – nicht«, antworte ich gedehnt. »Denkt ihr, dass ich eine gute Ehefrau abgeben würde?«

Fiona fängt an zu kichern.

»Ich denke, du würdest eine gute Ex-Frau abgeben, falls Weihnachten eure Dauerbaustelle bleibt.«

Ein Surren unterbricht uns. Es ist Hermines Handy. Eilig steht sie auf und streicht ihr wadenlanges graues Gouvernantenkleid glatt. Sie versucht erst gar nicht, auf Krampf jünger zu wirken, paradoxerweise kommt sie genau deshalb viel jünger rüber, als sie ist.

»Entschuldigt, wir reden gleich weiter. Meine Mutter braucht mich.«

Ich bewundere sie für die Gelassenheit, mit der sie die Herausforderung annimmt, jederzeit sprungbereit sein zu müssen. Seit zehn Jahren ist ihre Mutter ein Pflegefall. Doch es käme Hermine nie in den Sinn, sie in ein Heim zu verfrachten. Ich habe auch noch nie erlebt, dass irgendeine Klage über Hermines Lippen kommt. Sie nennt es ihre Liebespflicht. Verglichen damit, was sie Tag für Tag leistet, sind meine Weihnachtskomplikationen reine Luxusprobleme, wie ich beschämt feststelle.

Nachdem unsere Freundin auf der Treppe zum ersten Stockwerk verschwunden ist, schauen Fiona und ich uns lange an. Ohne ein Wort darüber zu verlieren, denken wir dasselbe: Hermine ist ein großartiger Mensch.

»Nele.« Auf einmal verschleiert sich Fionas Blick, und sie räuspert sich nervös. »Da wäre noch was. Etwas Unangenehmes.«

Überrascht mustere ich sie. In ihren haselnussbraunen Augen stehen auf einmal Tränen.

»Was ist denn los? Geht's um Geld?«

»Nein, nein.« Mit ausgestreckten Händen, als wollte sie schon mal vorbeugend eventuelle Einwände abwehren, holt Fiona tief Luft. »Ich bin Weihnachten quasi obdachlos.«

»Wieso? Bist du etwa doch noch aus dem Haus geflogen?«

Die Rede ist von besagtem Eigenheim. Wir haben hart darum gekämpft, dass Fiona mit ihren drei Jungs drinbleiben konnte. Der liebe Paul hatte seinen Jobverlust lange verschwiegen und – in typischer Ich-bin-ein-Mann-ich-gebe-mein-Scheitern-niemals-zu-Manier – die Raten schleifen lassen. Nur mit einigen Tricks am Rande der Legalität, Hermine nennt es »am Rande der Egalität«, konnten wir das fehlende Geld auftreiben. So viel Geld übrigens, dass es bei mir für die Einrichtung meines Kosmetikstudios reichte und bei Hermine für einen Treppenlift plus professionelles Pflegebett für ihre Mutter.

»Paul hat mich gelinkt«, berichtet Fiona mit bebender Stimme. »Er weiß natürlich, wie wichtig mir Weihnachten mit den Kids ist. Und was macht er? Lädt sie über die Feiertage zu einem Skiurlaub ein! Das haben sich die drei Rabauken schon lange gewünscht. Und Paul lacht sich ins Fäustchen, weil seine vermeintlich böse Ex nun ganz allein unterm Tannenbaum sitzt.«

Also so was. Was für eine perfide Nummer.

»Das heißt – du bist Weihnachten sozusagen *emotional* obdachlos?«, hake ich nach.

Inzwischen laufen die Tränen über Fionas Wangen. Mit dem Handrücken wischt sie sie weg.

»Deshalb wollte ich fragen, ob ich vielleicht …« Ihre Unterlippe beginnt zu zittern. »Aber nur, wenn ich nicht störe … und ja, ich weiß, es ist eine Zumutung … doch in diesem speziellen …«

Weiter kommt sie nicht. Schluchzend schlägt sie die Hände vors Gesicht. Sofort springe ich auf und lege ihr einen Arm um die Schulter.

»Selbstverständlich kommst du zu uns, Fiona.«

Ihre Schultern zucken, ein gurgelndes Geräusch entringt sich ihrer Kehle. Dann schaut sie tränenblind zu mir hoch.

»Musst du denn nicht erst Nick fragen?«

Wäre angebracht. Andererseits: Hat er nicht auch seine Eltern eingeladen, ohne mich zu fragen? Da kann ich doch ganz locker zwei Fliegen mit einer Klappe schlagen. Beziehungsweise eine gute Tat mit einer kleinen Revanche kombinieren.

»Nee, muss ich nicht. Du kommst am Heiligen Abend zu uns und bleibst, solange du willst. Basta.«

Dankbar umarmt sie mich.

»Das werde ich dir nie vergessen, Nele.«

Und ich werde nicht vergessen, Nick die Sache mit seinen Eltern unter die Nase zu reiben, wenn ich ihm mitteile, dass wir einen weiteren Gast haben werden. Verflixt. Unversehens ist Weihnachten eine Beziehungskiste mit lauter Sollbruchstellen geworden.

»Was ist hier denn los?«, ertönt auf einmal Hermines Reibeisenalt. »Fiona? Alles gut bei dir?«

»Jetzt wieder.« Nachdem sie sich ausgiebig geschnäuzt hat, zeigt sie auf mich. »Ohne Nele hätte ich Weihnachten mutterseelenallein verbracht. Kinderseelenallein. Weil Paul mir die drei Jungs wegnimmt.«

»Wie – wegnimmt?«

»Er hat Noah, Matteo und Leon mit einem coolen Skiresort geködert. Ist so ein edler Schuppen mit Indoor-Pool und Kinderdisco. Woher Paul das Geld hat, ist mir absolut schleierhaft. Ich könnte den Jungs so was jedenfalls nicht bieten.«

»Hättest doch Heiligabend auch zu mir kommen können.« Ungehalten reibt Hermine ihr Kinn. »Oder gefällt es dir hier nicht mehr?«

»Keine Sorge, unser Mädelsweihnachten am zweiten Feiertag bleibt selbstverständlich auf der Agenda«, setzt Fiona eilig hinzu. »Aber ich brauche einfach diesen Glanz in den Kinderaugen, verstehst du? Weihnachten mit Kiddies ist immer was ganz Besonderes. Wenn schon meine Jungs nicht da sind, kann ich mich wenigstens an Alisa und Benny erfreuen.«

Obwohl die Stimmung angespannt ist, bricht Hermine in Lachen aus.

»Womit es neuerdings nicht nur Leihmütter gäbe, sondern auch Leihkinder«, prustet sie. »Könnte man ein Geschäftsmodell draus machen: Sie brauchen als herzwärmende Deko ein paar Kinder an Weihnachten? Bitte sehr, in Begleitung der Mütter kein Problem. Die Kinder freuen sich über zusätzliche Geschenke, die Mamis erheben einen kleinen Unkostenbeitrag, fertig ist das Win-win-Weihnachtsfest.«

»Und was mache ich nun mit Nick, dem Grinch?«, komme ich auf mein drängendstes Thema zurück.

Fiona legt den Kopf schräg. Während sie gleich zwei Kekse aus der merklich geleerten Schale klaubt, malt sich ein leichter Vorwurf auf ihr Gesicht.

»Stellt sich nicht auch die Frage, was er mit dir machen soll? Mit dem Nervenbündel, das mal wieder voll im Vorweihnachtsstress ist?«

»Wahre Worte.« Hermine nickt so heftig, dass ihr grauer Knoten auf und nieder hüpft. »Du drehst immer ein bisschen durch, wenn Weihnachten näher rückt. Ab Mitte November hetzt du von Wichteleinladungen zu Plätzchenback-Partys, dazu der Geschenkemarathon, die Weihnachtsfeiern, die Adventskonzerte. Das hält kein Mensch durch.«

Stimmt. Mein Mami-Christmas-Countdown ist olympiaverdächtig. Alisa und Benny haben volles Programm, das ich begleiten muss, um ihr Sozialleben auf Zack zu halten: Wichtelgeschenke im Akkord basteln und hübsch verpacken, Berge von Backzutaten kaufen, bis zum Umfallen Weihnachtsgedichte üben, Fahrdienste zu allen möglichen Veranstaltungen.

»Als berufstätige Mutter befindet man sich bekanntlich in der Rushhour des Lebens«, seufze ich. »Noch dazu ist in meinem Kosmetiksalon die Hölle los. Jede Kundin will vor Weihnachten noch mal auf Vordermann gebügelt werden. Mein Tag könnte dreißig Stunden haben, und ich wäre immer noch nicht fertig.«

»Bist du schon«, ergänzt Fiona. »Fix und.«

»Was soll ich denn machen?«, entgegne ich. »Die meisten Frauen kommen zur Kosmetik, weil sie sich keinen Therapeuten leisten können. Bei mir reden sie sich alles von der Seele. Vor Weihnachten ist es besonders arg, weil sie sich mit der ganzen Organisation alleingelassen fühlen.«

»Kannst du dich da überhaupt noch auf deine Arbeit konzentrieren?«, fragt Hermine.

»Die Frauen brauchen sowieso nur jemanden, der ihnen endlich mal zuhört.«

»Ich habe dir auch zugehört, und zwar sehr genau«, sagt Fiona. »Nicht, dass ich zum Beziehungscoach tauge, schließlich habe ich es selbst gründlich vermasselt. Aber …«

»Aber was?«, fragen Hermine und ich im Chor.

»Es ist natürlich bequemer, nur den Teil des Problems anzugehen, der einen nicht selber betrifft.« Spitzbübisch zwinkert Fiona mir zu. »Jetzt mal unter uns: Beim Thema Weihnachten stellst du eine Dickköpfigkeit zur Schau, dafür würden manche Leute Eintritt zahlen.«

So werde ich also von Fiona gesehen? Schmollend ziehe ich die Knie ans Kinn.

»Weihnachten ist ein Gefühl. Das lasse ich mir nicht zerstören. Glaubt mir, ich habe eingehend darüber nachgedacht.«

»Dann pass auf, dass du dich nicht in deinem Kopf verläufst – beim Kampf Kopf gegen Herz verliert nämlich das Liebesleben«, haut Hermine eine ihrer Weisheiten raus, bei denen ich mich immer frage, woher sie die als notorischer Single hat.

»Alles wird gut«, befindet Fiona, die den letzten Keks in ihrem Mund verschwinden lässt. »Nur für wen, steht noch nicht fest.«

Kapitel 3
LASST UNS FROH UND MUNTER SEIN

Es schneit! In dicken Flocken! Die Kinder sind total aus dem Häuschen, ich versuche krampfhaft, Nicks Wagen in der Spur zu halten. So früh am Morgen sind die Straßen noch nicht geräumt, was den Weg zur Schule in eine einzige Schlitterpartie verwandelt.

»Super! Schnee!«, ruft Benny aufgeregt vom Rücksitz.

»Schneeflocken sind die Schmetterlinge des Winters«, philosophiert Alisa.

»Nee, Schnee ist toll, weil der Weihnachtsmann doch mit dem Schlitten kommt!«, wird sie von ihrem kleinen Bruder belehrt. »Mami, bringt mir der Weihnachtsmann eine Playstation?«

»Dummerchen, so was Teures hat er nicht im Angebot«, antwortet meine Tochter für mich.

Alisa hat wirklich den vollen Durchblick. Über die Existenz des Weihnachtsmanns macht sie sich ebenso wenig Illusionen wie über meine finanziellen Möglichkeiten. Seit Langem wünscht sie sich ein echtes Smartphone. Vergeblich. Ich schaff's einfach nicht.

»Morgen kommt erst mal der Nikolaus«, versuche ich abzulenken und singe inbrünstig: »Lasst uns froh und munter sein und uns recht von Herzen freu'n. Lustig, lustig, tralleralera …«

»Alle anderen in der Klasse haben auch eine Playstation«, mault Benny. »Wieso bekomme ich keine? Dabei war ich doch immer lieb.«

Verdammt. Das Leben mit Kiddies wäre wesentlich entspannter, wenn es nicht so krasse Unterschiede zwischen betuchten und weniger betuchten Eltern gäbe. Manche Kinder werden mit teuren Geschenken förmlich zugeschüttet, meine stellen Sinnfragen, auf die ich keine befriedigende Antwort weiß. Da bleibt mir nur, den allgemeinen weihnachtlichen Konsumterror infrage zu stellen, auch wenn das wenig überzeugend klingen mag.

»Geschenke sind gar nicht so wichtig«, behaupte ich tapfer. »Weihnachten ist vor allem das Fest der Liebe und der Familie. Die schönsten Geschenke liegen nicht unter dem Baum, sie sitzen am Tisch.«

Hinten im Wagen wird es auffallend still. Warum wohl. Schweigen kann stille Zustimmung bedeuten, aber sehr viel wahrscheinlicher handelt es sich hier um stummen Protest. Im Rückspiegel sehe ich, wie Benny einen Flunsch zieht.

»Ich gehe Weihnachten sowieso woanders hin«, verkündet er mit trotzig vorgeschobenen Lippen. »Daniel hat mich eingeladen.«

Vor lauter Schreck verwechsele ich Gas und Bremse. Kurz geraten wir in gefährliche Nähe einer verschneiten Leitplanke, danach umklammere ich das Lenkrad, bis meine Finger wehtun.

»Habe ich das richtig verstanden? Du willst Weihnachten zu Daniel?«

»Der hat eine Playstation«, kommt es lapidar zurück.

So viel zum Thema Weihnachten ist das heilige Fest der Familie.

»Kommt überhaupt nicht infrage«, widerspreche ich mit fester Stimme. »In den Tagen nach Weihnachten kannst du Daniel gern besuchen, von mir aus auch bei ihm übernachten, aber die Festtage verbringen wir wie immer gemeinsam.«

»Geht nicht.« Sein kleines Gesichtchen drückt auf einmal wilde Entschlossenheit aus. »Ich hab nämlich schon ja gesagt.«

»Dann sagst du heute eben nein.«

»Geht auch nicht. Daniel hat ein Handicap. Er würde denken, dass ich deshalb nicht kommen will.«

What? Ach ja. Benny besucht eine Inklusionsklasse, und dieser Daniel ist ein schwerer Fall von ADHS. Tut mir außerordentlich leid für den Jungen. Andererseits ist das noch lange kein Grund, unsere Familienidylle zu crashen.

»Dann rede eben ich mit ihm, und alles ist in Butter«, verspreche ich todesmutig.

»Nein, bloß nicht«, jammert Benny.

»Wäre echt cringe, Mami«, gibt Alisa ihren Senf dazu. »Diskriminierendes Verhalten ist an unserer Schule ein absolutes No-Go.«

Das nennt man dann wohl kalt erwischt. Im Auto ist es mollig warm, weil ich die Heizung voll aufgedreht habe, dennoch spüre ich, wie sich in meiner Magengegend ein Eisklumpen bildet.

»Lasst mich das mal zusammenfassen«, krächze ich. »Weil Benny keine Playstation kriegt, will er an Weihnachten zu Daniel, weil der eine Playstation besitzt, und daran ist nicht mehr zu rütteln, weil Daniel ein Handicap hat?«

»Brillant resümiert«, werde ich von meiner Tochter gelobt.

»Jipppiee!«, frohlockt Benny. »Ich darf zu Daniel!«

Rummms. Wie ein Stein plumpst mir das Herz an meinem vereisten Magen vorbei in die Hose. Ich soll also Weihnachten ohne Benny verbringen. Dafür mit Nicks Eltern, die sich lieber eine blutjunge Gebärmaschine für ihren Sohn gewünscht hätten statt einer Frau mit Vergangenheit und zwei Kindern. On the top soll ich einen Sauerbraten für meine ungebetenen Gäste zaubern.

Das ist kein Weihnachten mehr. Das ist der pure Horror!

Wie betäubt starre ich in das dichte Schneetreiben. Schemenhaft, dann immer deutlicher zeichnen sich die Umrisse des Schulgebäudes darin ab. Es ist ein wunderschöner alter Klinkerkasten mit pittoresken Türmchen auf dem Dach. Alisa nennt die Schule Hogwarts für Arme. Ich nenne sie einen Landeplatz für Helikopereltern. Nick hält die Schule für einen schlechten Witz, weil sie voll auf den Trend der politischen Korrektheit abfährt, für Benny ist sie einfach seine Schule.

Doch das ist jetzt nicht das Thema. Ich muss was tun. Weihnachten retten. Jetzt.

Eigentlich wollte ich die Kinder nur absetzen, stattdessen parke ich den Wagen auf dem Haltestreifen davor. Mein Lieblingscop sieht's ja nicht, der ist zu Hause geblieben und erwartet mich mit einem zweiten Frühstück plus. Besonders freue ich mich auf das Plus. Aber erst mal muss ich das Benny-Problem regeln.

»Alle aussteigen! Alisa, vergiss bitte nicht dein Asthma-Spray, und Benny, setz deine Mütze auf.«

»Jaaaa, Maamiii«, kommt es zweistimmig von hinten.

Ich schaue noch einmal in den Rückspiegel. Wie froh ich bin, dass sich Alisas Asthmabeschwerden seit letztem Sommer entscheidend gebessert haben. Lange war das meine größte Sorge. Doch seit sie die Klasse gewechselt hat, sind die Anfälle deutlich zurückgegangen – was die Diagnose ihres Arztes bestätigt, dass die Seele bei dieser Erkrankung eine wichtige Rolle spielt. Alisa hatte es mir nie richtig gestanden, doch in der alten Klasse wurde sie heftig gemobbt.

Dieses Problem ist Gottseidank aus der Welt. Doch nun stehen neue Probleme an.

Türen klappen. Auch ich steige aus. Wie kleine Nadeln bohren sich Tausende Schneeflocken in mein Gesicht. Im Nu sehe ich aus wie ein Schneemann. Pardon, in dieser Schule darf man nur noch Schnee*mensch* sagen, weil alles genderneutral sein muss, analog zu Hampelmensch, Müllmensch et cetera. Also, neuer Versuch: Wie ein wandelnder Schneemensch stapfe ich durch das weiße Inferno auf den Haupteingang zu. Mit etwas Glück kann ich vielleicht Daniels Mutter abfangen und ihr erklären, warum Benny an Weihnachten daheim unentbehrlich ist.

Als ich die Treppenstufen zum Eingang erklimme, rennen

Alisa und Benny mit einem »Tschüss, Mami« davon. Klar. Nichts ist peinlicher als eine Mutter, die ihre Kinder höchstpersönlich an der Klassentür abliefert. Zumal ich beim Abschied immer von einer Welle überschwänglicher Liebe überrollt werde und meine Kiddies noch mal drücken möchte.

Andere Eltern nehmen weniger Rücksicht auf die Gefühle ihrer Kinder. Morgens vor Schulbeginn und nachmittags nach Schulschluss sind die Flure überfüllt wie Supermärkte am Heiligabend. Ohnehin ist diese Schule ein Hotspot für Erwachsene, die nicht loslassen können, sprich Helikoptereltern. Frei nach dem Motto: Eltern haften an ihren Kindern, wollen sie bei den Sportstunden zuschauen, jeden noch so kleinen Ausflug begleiten, sogar in der großen Pause Wache stehen, damit auch ja kein Kind von der Schaukel fällt. Haben offenbar sonst nichts zu tun, diese Eltern. Ich schon.

Geduldig bahne ich mir einen Weg durch das Gedränge. Währenddessen überlege ich fieberhaft, wie Daniels Mutter aussieht. Schwierig. Nach Elternabenden habe ich immer das Gefühl, einer Geisterbahn entronnen zu sein, die man so rasch wie möglich aus seinem Kurzzeitgedächtnis löschen sollte.

Geht es eigentlich nur mir so, oder sind andere Eltern immer ein bisschen spooky?

Da wird sich mächtig aufgespult, denn jeder hat angeblich superhochbegabten Nachwuchs mit ganz, ganz speziellen Bedürfnissen. Entsprechend wird über die abwegigsten Ideen debattiert. Dass man das Wort Schnitzeljagd aus Rücksicht auf vegane Familien in Tofujagd umbenennen sollte. Dass in der großen Pause Algensmoothies gereicht werden müssten, um die Hirntätigkeit anzuregen.

Als ich vor der Tür zu Bennys Klassenzimmer anlange, werde ich sofort von einem Pulk aufgeregter Väter und Mütter umringt, die ihre Kleinen mit letzten Überlebenstipps für den Schultag versorgen. Suchend schaue ich mich um. Hm.

Vage meine ich mich an eine rothaarige, sommersprossige Frau zu erinnern, die mich mit ihrem Ernährungstick verrückt macht. Nicht nur vegan muss es sein, auch zertifiziert Bio und bloß keine Importe mit klimaschädlichem Fußabdruck. Sogar Mandarinen will sie den Kindern verbieten – trotz des in der dunklen Jahreszeit so wichtigen Vitamin C, weil der lange Transportweg eine unverantwortliche Vergeudung fossiler Brennstoffe darstelle. Da müsse die Gesundheit der Kinder eben hintanstehen. Leute wie Daniels Mutter sind wirklich um ihre Probleme zu beneiden.

»Guten Morgen, Frau Tremper!«

Puh. Wenn man vom Teufel … Na, na, Nele. Leg mal den Schalter um, sonst kannst du hier nichts reißen.

Leichter gesagt als getan. Daniels Mutter trägt einen Mantel, der mich an meinen eingemotteten Flokati-Teppich erinnert. Dazu einen grob gestrickten Schal und eine unförmige glockenartige Bommelmütze, die ich nicht mal in die Altkleidersammlung geben würde, aus Rücksicht auf die geschmackliche Unversehrtheit der Empfänger.

»Guten Morgen, Frau …«

Scheibenkleister. Wie hieß die noch?

»Sagen Sie einfach Maria Magdalena«, strahlt mich Daniels Mutter an. »Wir kennen uns ja schon länger.«

»Hm, stimmt eigentlich.«

Gerade will ich loslegen, als sie mir zuvorkommt.

»Mein Gott, Sie glauben gar nicht, wie glücklich wir sind, dass Benny Weihnachten bei uns feiert! Daniel spricht von nichts anderem mehr!«

»Ähm, ja, gut, allerdings wäre da noch …«

»Ich weiß, worauf Sie hinauswollen.« Voller Emphase ergreift Maria Magdalena meine Hand. »Ernährung ist mein Topthema, aber an Weihnachten erlaube ich Ausnahmen. Wenn Benny Würstchen will, bekommt er Würstchen. Vegan natürlich. Unter Umständen wäre ich sogar bereit, eine Flasche«, angewidert verzieht sie das sommersprossige Gesicht, »Bio-Cola zu kaufen.«

»Wie nett.« Ich quetsche mir ein Lächeln auf die Lippen. »Doch ich meinte …«

»Nele.« Der Druck ihrer Hand verstärkt sich, und ihre Augen beginnen feucht zu schwimmen. »Bennys Besuch bedeutet ALLES für uns. Endlich hat Daniel einen Freund. Das ist das schönste Weihnachtsgeschenk, auch für uns Eltern. Bei allen schulischen Inklusionsanstrengungen, leicht hat es Daniel nicht. Wir sind immer in Sorge um ihn. Und jetzt kommt Benny. Danke, danke, danke, dass Sie das erlauben.«

Wie ein begossener Pudel stehe ich vor ihr. Man müsste schon sehr, sehr grausam sein, um ihrer Freude die Luft rauszulassen.

»Gern«, höre ich mich sagen. »Kein Ding.«

Damit drehe ich mich um und stiefle in Richtung Ausgang. Nichts wie weg hier. Ich hab's vergeigt. Weil ich so verdammt einfühlsam bin. So verständnisvoll. So nett, bis es wehtut.

Aber hey, ich habe nie behauptet, vierundzwanzig Stunden am Tag nett zu sein. Die ganze Rückfahrt über zerbreche ich mir deshalb den Kopf, wie ich die Sache doch noch irgendwie umbiegen könnte. Und scheitere jedes Mal am Bild von Maria Magdalenas feucht schimmernden Augen. Eine Absage kann ich ihr nicht antun. Das bringe ich einfach nicht übers Herz.

Währenddessen wird das Schneetreiben immer dichter, und die Straßen sind durch die vielen Autos, die die Schneemassen plattgefahren haben, inzwischen spiegelglatt. Als das Haus, in dem wir neuerdings wohnen, in Sicht kommt, bringe ich den Wagen schlingernd zum Stehen.

So, Nele Tremper. Was nun?

Kaum habe ich die Wohnungstür aufgeschlossen, kommt mir Nick mit ausgebreiteten Armen entgegen. Er sieht mal wieder umwerfend aus in seiner perfekt sitzenden Jeans und dem weißen T-Shirt, das keinen Zweifel an der Häufigkeit seiner Besuche im Fitnessstudio lässt.

»Alles okay?«, fragt er stirnrunzelnd.

»Ganz schön glatt«, nuschele ich, während ich meine Stiefel von den Füßen streife.

»Ist Absicht. Hab mich extra für unser Plus rasiert.«

Hä? Ach, so. Ich könnte ihn jetzt aufklären, dass ich die Straßen meine, nicht etwa sein glattrasiertes Kinn. Doch er hebt mich schon hoch und trägt mich geradewegs ins Schlafzimmer, wo er mich Schicht für Schicht auspellt. Es sind viele Schichten. Winterjacke, Mütze, Pullover, T-Shirt, Jeans, Socken, Unterwäsche, der Mann hat was zu tun. Und schafft es sogar, mich dabei zu küssen.

»Hey«, flüstere ich, »das geht ja los, als wären wir siebzehn.«

»Sind wir ja auch«, raunt er mit ins Ohr. »Nicht nach Jahren, aber in der Herzgegend.«

Dann überlassen wir uns dem Sog unserer Lust, die uns in galaktische Dimensionen katapultiert, bis wir schließlich glücklich und erschöpft nebeneinander liegen. So glücklich, als wäre da nicht dieser unheilvoll schwelende Streit zwischen uns. Ich weiß, ich weiß, Sex löst keine Probleme. Aber bis eine Lösung gefunden ist, beantwortet er wenigstens ein paar andere Fragen. Zum Beispiel, ob es potenzgefährdend ist, wenn eine Lichterkette mit Schneemännern, pardon, Schneemenschen überm Bett hängt.

Nun, ich kann nicht klagen. Im Übrigen genieße ich es, dass wir nicht eins dieser Paare sind, die schon im Sommer sagen: Nur noch zweimal Sex, dann ist Weihnachten.

»Was möchtest du zum Frühstück, Rührei oder Spiegelei?«, fragt Nick, nachdem er seine Schultern gedehnt hat. »Wir sollten uns langsam sputen. In zwanzig Minuten muss ich los.«

»Ich auch.« Verstohlen gähnend platziere ich einen Kuss auf seiner nackten Brust. »Meine Kundin kommt um neun.«

»Da hast du ihr ja einiges voraus.«

Ich brauche einen Moment, bis ich die Anspielung verstehe.

»Frechdachs.«

»Sag mal …« In seinen Augen glitzert es auf einmal merkwürdig. »Alisas unerschöpflicher Wissensfundus hat mich auf so eine verwegene kleine Idee gebracht.«

O nee. Lachend richte ich mich auf und stütze meinen Ellenbogen auf die harte Matratze.

»Willst du etwa versuchen, mit dem Rektum zu atmen?«

»Nein, ich spreche von diesem Phänomen, dass in der Weihnachtszeit mehr Kinder als sonst gezeugt werden, was wir ja durchaus als Inspiration …«

Den Rest des Satzes lässt er in der Luft hängen. Allerdings ist dieser Rest so greifbar wie die beginnende Cellulitis an meinen Oberschenkeln. Schlagartig wird mir mulmig. Also doch. Eigene Kinder *sind* ein Thema für Nick. Nicht nur für seine Eltern.

»Ähm, Nick, Schatz, ist wirklich sweet, die Idee. Hat ja was, unser ganz persönliches Christkind zu fabrizieren. Aber hast du auch nur den Hauch einer Ahnung, was ein Baby bedeutet?«

»Die Krönung unserer Liebe?«

Ach, Nick. Auf einmal steigen mir Tränen der Rührung in die Augen. Dass er ein gemeinsames Kind möchte, kann man ja nur als ultimative Liebeserklärung auffassen. Andererseits bin ich bereits Mutter und weiß, was das in der Realität unseres Alltags bedeuten würde. Nick nicht. Umso schwerer fällt es mir, seinen emotionalen Überschwang auszubremsen. So verlockend der Gedanke sein mag, es ist einfach noch zu früh für ein Baby. Wir sind ja noch nicht mal richtig in unserer Patchworkfamilie angekommen, da wäre es – abgesehen vom zusätzlichen Alltagsstress – ein gewagtes Experiment, unsere reichlich ungewohnte Situation ein weiteres Mal dramatisch zu verändern.

»Kinder sind das Wunderbarste auf der Welt, und ein gemeinsames Baby wäre ein Traum«, sage ich leise. »Doch vermutlich ist dir nicht klar, wie lebensverändernd so ein Baby ist. Erst einmal würde das schlaflose Nächte bedeuten, volle Windeln, Spuckattacken, stundenlanges Rumtragen, Termine beim Kinderarzt. Man nennt es Care-Arbeit. Und wer soll das alles stemmen? Etwa ich?«

»Wieso? Gibt es denn nicht Betreuungseinrichtungen?«

»Glaub mir, so easy wie damals Maria und Josef kriegt man heute keinen Krippenplatz mehr. Außerdem möchte ich nicht ein Kind in die Welt setzen, um es dann möglichst rasch loszuwerden.«

»Aha, die Übermutter hat gesprochen.«

»Keineswegs – vergiss bitte nicht, als Single Mum musste ich immer arbeiten«, verteidige ich mich. »Fakt ist, dass ich mir mit meinem Salon gerade erst etwas aufgebaut habe. Und ich bin mir ehrlich gesagt nicht sicher, ob ich bereit wäre, das alles hintanzustellen, um mich gerade jetzt auf das Abenteuer Kind einzulassen. Später vielleicht. Immerhin habe ich schon zwei Kinder, die mich brauchen und für die ich da sein will. Was ist mit dir? Auch du könntest natürlich in Elternzeit gehen. Wie würde dir das gefallen? Ein halbes Jahr, gern auch länger, Windeln wechseln, Breichen kochen, Babyschwimmen, Kinderkrankheiten, Pekip-Kreis?«

»Ich weiß nicht mal, was Pekip ist«, grunzt Nick unwillig.

»Was du nicht sagst.«

Gedankenverloren betrachte ich die Lichterkette über unserem Bett. Meine ohnehin angeknackste Vorfreude auf Weihnachten hat soeben einen weiteren Dämpfer bekommen. Die Stimmung ist im Keller, für ein zweites Frühstück reicht die Zeit auch nicht mehr, weil wir über dieses Thema gesprochen haben. Und nun habe ich auch noch ein schlechtes Gewissen, weil ich Nicks lieb gemeinten Vorschlag, ein gemeinsames Baby zu bekommen, abgeschmettert habe.

Nach einem Blick zur Uhr suche ich meine Klamotten zusammen, die überall verstreut liegen. Da die Atmosphäre sowieso schon den aktuellen Wetterbedingungen entspricht, kann ich auch gleich das nächste heikle Thema anschneiden.

»Du, vielleicht sollten wir noch mal über Weihnachten reden.«

Kommt gar nicht gut an. Nick, der gerade im Begriff ist, seine Boxershorts anzuziehen, zeigt auf einem Bein hüpfend hoch zur Lichterkette.

»Tun wir das nicht die ganze Zeit?«

»Ich meine die Anwesenheit deiner Eltern.«

»Ist nicht verhandelbar.«

Wundervoll. Ich verkneife mir eine Erwiderung, in der das Wort *Kompromiss* vorkommt, und gehe direkt zum Angriff über.

»Dann will ich aber keine Beschwerden hören, wenn Weihnachten in einem Desaster aus Stress und Streit endet. Meine Schuld wäre das nicht.« Keine Antwort. »Übrigens, falls es dir entgangen sein sollte: Morgen ist Nikolaustag.«

»Das ist doch der Tag, an dem man anderen was in die Schuhe schieben darf, oder? Zum Bespiel die Schuld an einem versemmelten Weihnachtsfest? Jetzt schon?«

»Ist nun mal vorprogrammiert.«

»Ich bewundere deinen Optimismus, meine Liebe.«

Oha. Wenn Nick *meine Liebe* sagt, ist er nicht nur verstimmt, dann ist er richtig sauer. Soll er doch. Ein Mann, für den das Glück seiner Eltern wichtiger ist als das Seelenheil seiner Lebensgefährtin, hat's nicht anders verdient.

»Da Optimismus einer meiner hervorstechendsten Charakterzüge ist«, flöte ich zuckersüß, »bin ich äußerst zuversichtlich, dass du morgen die rote Kutte aus meiner Weihnachtskiste anziehst, dir einen weißen Wattebart anklebst und Benny einen überzeugenden Nikolaus vorspielst.«

»Gern.«

Verdutzt schaue ich ihn an.

»Wirklich?«

»Für solche Gelegenheiten habe ich sogar ein passendes Gedicht auf Lager.«

Donnerwetter, das hätte ich nun nicht gedacht. Halb angezogen, wie ich bin, sinke ich aufs zerwühlte Bett.

»Lass hören.«

»Warum nicht?« Hüftwackelnd wirft sich Nick in Positur. »Ich bin der kleine Nikolaus, steh' leider nicht vor deinem Haus. Drum schick ich dir aus weiter Ferne noch mehr bunte Glitzersterne.«

O Pannenbaum. Soll ich etwa darüber lachen?

»Schatz!« Zärtlich nimmt Nick mich in die Arme und streichelt meinen Rücken. »War doch nur Spaß. Selbstverständlich spiele ich den Nikolaus für Benny. Wie könnte ich dir diesen Wunsch abschlagen?«

Wie lieb. Nein, eigentlich selbstverständlich. Nur: Warum habe ich das dumme Gefühl, dass das dicke Ende noch kommen wird?

Kapitel 4
ALL I WANT FOR CHRISTMAS

Mmmhhhh, wunderbar«, seufzt die mittelalte Dame im dunkelgrauen Wollkostüm, die mit geschlossenen Augen vor mir liegt. »Niemand kriegt die Gesichtsmassage so genial hin wie Sie.«

»Danke schön, Frau von Oldenburg.«

Ich trage noch einen Klecks meiner selbstgemachten Sheabutter-Aloe-Vera-Maske auf, bevor ich weiter ihre Gesichtshaut bearbeite. Die entsprechenden Griffe sind mir längst in Fleisch und Blut übergegangen: ein Mix aus Lymphdrainage und Shiatsu, den ich selbst entwickelt habe. Das Resultat ist direkt nach der Massage zu sehen, weil die Haut entstaut wird und viel besser durchblutet ist.

»Nichts zu danken«, murmelt meine Kundin. »Warum komme ich wohl jede Woche her? Weil ich danach jedes Mal fantastisch aussehe. Und dann Ihre Cremes und Masken! Viel zu lange habe ich mir völlig überteuerte Produkte aufschwatzen lassen.«

»Geht vielen Frauen so.« Mit sachten Aufwärtsbewegungen widme ich mich ihrer Stirnpartie. »Man zahlt für den Markennamen, die Verpackung, die Werbung, nicht unbedingt für den Inhalt. Meist steckt nur Schrott drin.«

Abrupt setzt sich Frau von Oldenburg auf und dreht sich zu mir um. Ihr Gesicht unter dem haarschützenden Frotteeband hat wegen der weißlichen Maske einen etwas schrägen Halloween-Effekt. Umso intensiver kommen ihre funkelnden Augen zur Geltung.

»Wissen Sie noch, was Sie mir bei meinem ersten Besuch über teure Hightech-Cremes sagten? Die wirken nur, wenn man sie ganz dick auf den Spiegel schmiert, dann sind alle Falten weg!« Eine kleine Lachsalve erschüttert ihren Körper. »Erst seit ich Ihre selbstgemachten Cremes verwende, bekomme ich dauernd Komplimente für meinen fantastischen Glow. Sie haben's wirklich drauf.«

Nun ja, von nichts kommt nichts. Seit Langem beschäftige ich mich mit dem Thema medizinische Hautpflege. Außerdem habe ich diverse Kurse in Naturkosmetik absolviert und viel Interessantes über Zusatzstoffe in Cremes erfahren – über die nützlichen wie die schädlichen. Meine Cremes könnte man essen, so unbedenklich sind sie.

Während sich Frau von Oldenburg wieder in die Horizontale begibt, schweift mein Blick durch den Salon. Die Wände leuchten in einem sanften Pfirsichton. Greigefarbenes Parkett, gedimmtes Licht und weiße Orchideen unterstreichen den Wellnesscharakter. Das Highlight ist der weich gepolsterte, zehnfach verstellbare Behandlungsstuhl mit Massagefunktion. Manchmal, wenn ich auf eine Kundin warte, lege ich mich selbst drauf. Himmlisch.

Auch für ein stilvolles Weihnachtsfeeling ist natürlich gesorgt. Im Raum verteilt stehen mehrere Mini-Tannenbäume mit glitzerndem Kunstschnee, von der Decke hängen silberne Kugeln in unterschiedlichen Größen, als Abrundung läuft meine geliebte Weihnachtsplaylist.

Zugegeben, das Kosmetikstudio mag nicht sonderlich groß sein, ist aber mein ganzer Stolz. Jahrelang war ich als ambulante Kosmetikerin unterwegs. Bin von Termin zu Termin gehetzt, habe von früh bis spät manikürt und pedikürt und Gesichtsbehandlungen vorgenommen, kaum was verdient. Hier ist es so viel angenehmer. Als Nick und ich dann noch eine Wohnung im selben Gebäude ergattern konnten, war mein Glück perfekt. Wer hat schon einen Arbeitsplatz, den er zu Fuß erreichen kann?

Ein eigener Salon zieht natürlich auch eine anspruchsvollere Kundschaft an. So wie Frau von Oldenburg. Sie gehört zu den Kundinnen der ersten Stunde. Ich mag sie, weil sie so gar kein Snob ist. Viele Damen ihrer Liga bevorzugen jetzt den schnieken Wellnesstempel, der letztes Jahr in der City eröffnet hat. So einen edlen Schuppen mit Sauna, Whirlpool und Bistro. Wäre standesgemäß. Ist ihr aber egal.

»Na, was haben Sie Weihnachten Schönes vor, Frau Tremper?«

Oha. Sie will also ein Gespräch. Eigentlich gehört Frau von Oldenburg zu den wenigen Kundinnen, die kaum Redebedarf haben. Deshalb hatte ich gehofft, sie würde vor lauter Wohlbefinden einschlafen. Als klassische Multitaskerin bin ich schließlich in Gedanken immer mit meinen To-do-Listen beschäftigt. Habe ich alle Süßigkeiten für den morgigen Nikolaustag beisammen? Wird es nicht langsam Zeit für die Weihnachtskarten? Welche Geschenke fehlen noch? Was kaufe ich zu essen für die Nikolausparty ein? Und WANN?

»Frau Tremper?«

»Ach so, Entschuldigung, ich feiere mit der Familie: mit meinem Lebensgefährten, seinen Eltern, mit ...« Ja, mit wem noch? Frohgemut entschließe mich für den Plural, weil ich immer noch hoffe, Benny zurückzuerobern. Kann doch nicht sein, dass er mir an Weihnachten einfach weggekapert wird. »Außerdem mit meinen Kindern und einer sehr guten Freundin.«

»Na, da haben Sie ja volles Haus«, staunt Frau von Oldenburg. »Ist das nicht viel zu anstrengend?«

Routiniert gleiten meine Hände über ihr Gesicht, während ich überlege, was ich antworten soll. Warum nicht die Wahrheit?

»All I want for Christmas is – Ruh'«, summe ich, weil meine Weihnachtsplaylist gerade beim Klassiker von Mariah Carey angelangt ist. »Stimmt schon, momentan wächst mir alles ein bisschen über den Kopf.«

»Armes Hascherl.« Frau von Oldenburg stößt einen mitfühlenden Seufzer aus. »Früher habe ich mich auch immer so furchtbar abgerackert, für Mann, Kinder, Enkel, Freunde. So richtig zufrieden waren die nie. Jeder hat doch irgendwas zu meckern: Dem einen gefällt das Essen nicht, der andere hat was am Baumschmuck auszusetzen, wieder andere sind unzufrieden mit ihren Geschenken. Wissen Sie, was ich deshalb seit einigen Jahren mache?«

»Nein?«

»Ich verreise mit meinem Mann in die Alpen. Es gibt da ein Resort, wo für entspanntes Christmas-Feeling gesorgt ist: Champagner im Whirlpool mit Blick auf verschneite Berge, Candle-Light-Dinner am festlich geschmückten Baum. Danach früh ins Bett, ohne den Megaabwasch, den man erledigen muss und am Ende selbst vollkommen erledigt ist.«

Beneidenswert. Selbst als Doppelverdiener könnten wir uns so einen Luxusurlaub mit zwei Kindern nicht leisten. Was ich natürlich für mich behalte.

»Jetzt ist Ihr Dekolleté dran«, erläutere ich den nächsten Behandlungsschritt.

»Sehr gern«, seufzt Frau von Oldenburg.

Obwohl es eine relativ intime Sache ist, gefällt so eine Dekolletémassage wirklich jeder Kundin. Ich kann nur ahnen, wie berührungsarm das Leben vieler Frauen ist.

Sanft streiche ich über die dünne Haut, mit aller Umsicht und Dezenz. Unterdessen setzt sich mein Gedankenkarussell wieder in Bewegung. Es kreist immer um dieselben Themen. Das Deko-Battle zwischen Nick und mir. Das Ärgernis, Weihnachten mit seinen Eltern zu verbringen. Das Baby-Dilemma. Das Benny-Problem. Und schließlich die nicht zu unterschätzende Koch-Challenge.

Bislang musste ich mir über das Weihnachtsessen nie Gedanken machen. Das ist ja das Gute an Ritualen: Sie entstressen ungemein, weil alle Abläufe eingespielt sind. Doch nun soll ich so einen saublöden Sauerbraten servieren, womöglich auch noch selbstgemachte Klöße. Und Rotkohl, das kulinarische Trauma meiner Kindheit. Ich musste ihn mir immer unter den Augen meiner strengen Eltern reinwürgen, weil sie den Standpunkt vertraten, dass gegessen wird, was auf den Tisch kommt. Nein, Rotkohl und ich, wir werden keine Freunde mehr.

Für Alisa habe ich mir inzwischen ein veganes Nudelgericht ausgedacht, mit getrockneten Tomaten und gebratenem Tofu. Eine Herausforderung ist allerdings Fionas Anwesenheit. Sie besteht auf Biofleisch, ein teures Vergnügen. Wenn ich dann noch an die vielen Weihnachtspräsente denke, wird mir ganz schwummrig. Am blödesten sind die überraschenden Wir-wollten-uns-ja-nichts-schenken-aber-ich-konnte-nicht-anders-Präsente, für die man sich dann auch noch revanchieren muss. Schon jetzt geht mir die Puste aus. Mental und finanziell.

»Wissen Sie was?« Frau von Oldenburgs rechter Zeigefinger malt Kringel auf die weiche pfirsichfarbene Decke, mit der ich sie für die Behandlung zugedeckt habe. »Ich wünschte, Sie könnten sich auch mal so was Schönes wie mein Alpenresort gönnen. Ich sehe doch, wie Sie sich abstrampeln und trotzdem immer freundlich sind, immer gut gelaunt.«

»Meine Arbeit macht mir eben Riesenspaß.«

»Ist mir nicht entgangen.« Frau von Oldenburg räuspert sich. »Könnten wir eine kurze Pause einlegen? Ich habe mir was überlegt.«

Nanu? Etwas verwirrt wische ich mir die Hände an einem feuchten Handtuch ab. Was kommt denn jetzt?

»Zunächst einmal möchte ich eine Großbestellung für Ihre

Nachtcreme aufgeben. Alle meine Freundinnen und Bekannten sollen sie zu Weihnachten bekommen. Schaffen Sie das? Ungefähr vierzig Tiegel bis zum dritten Advent?«

Vierzig. Mir bleibt die Spucke weg. Das ist großartig. Allerdings muss ich erst die Zutaten bestellen und brauche dann einige Zeit für die Herstellung. Hm. Knappe Kiste.

»Wäre zu schaffen«, antworte ich todesmutig.

»Dann zum zweiten Punkt.« Rhythmisch dreht Frau von Oldenburg an dem dicken Brillantring herum, den sie an der rechten Hand trägt. »Ich kann nur ahnen, wie schwer Sie es als Selbstständige haben. Deshalb möchte ich Ihnen das Geld fürs nächste halbe Jahr im Voraus geben.«

Obwohl ich am Kopfende stehe und sie mich gar nicht sehen kann, hebe ich unwillkürlich die Hände.

»Das ist, ähm, sehr lieb, aber …«

»Kein aber«, unterbricht sie mich freundlich, aber resolut. »Betrachten Sie es als Dankeschön. Wie oft haben Sie mir schon kurzfristig Termine gegeben, auch nach Feierabend und in aller Frühe? Abarbeiten müssen Sie das Geld ja trotzdem.«

»Frau von …«

»Kein Wort mehr.« Mit einer Geste, bei der sie einen imaginären Reißverschluss vor ihren Lippen zuzieht, bedeutet sie mir zu schweigen. »Ich habe das gerade mal im Kopf überschlagen. Ein Besuch pro Woche inklusive Bedampfung, Tiefenreinigung, Peeling, Maske, Massage und Tages-Make-up kostet hundert Euro. Mal sechsundzwanzig Wochen ergibt das abgerundet zweitausend Euro.«

Mir wird schwindelig. Wie ein Mehlsack plumpse ich auf

meinen Rollhocker, der sich prompt in Bewegung setzt, sodass ich wie ein Flummi quer durch den Raum kobolze.

»Hiergeblieben!«, lacht Frau von Oldenburg, die sich zu mir umgedreht hat. »Ist doch nur Geld!«

»Nur?«, keuche ich. »Wir sprechen von zweitausend Euro!«

»Gut angelegten zweitausend Euro«, korrigiert sie mich. »Schätze mal, Sie wissen schon, was Sie mit dem Geld anfangen würden. Wenn man Kinder hat, möchte man ihnen doch immer nur das Beste geben: Liebe. Aber an Weihnachten eben auch anständige Geschenke.«

Benny!, durchzuckt es mich. Ich könnte für Benny eine Playstation bestellen! Dann wird er Weihnachten bestimmt zu Hause bleiben!

Eine halbe Sekunde später meldet sich mein schlechtes Gewissen. Und Daniel? Für mich ist völlig ausgeschlossen, ihn und seine Eltern vor den Kopf zu stoßen. Da gibt's wohl nur eins: Ich muss Daniel Heiligabend zu *uns* einladen. Von mir aus auch mit seinen Eltern.

Läuft ja sowieso schon alles aus dem Ruder, da kommt es auf drei weitere Gäste auch nicht mehr an. Wird ein Gedränge wie beim Winterschlussverkauf in unserer kleinen Wohnung, aber was soll's. Die Aussicht, eventuell doch nicht auf Benny verzichten zu müssen, versetzt mich in einen derartig euphorischen Zustand, dass ich jetzt nicht über die tausend kleineren und größeren Komplikationen so einer Massenveranstaltung nachdenken will.

»Na, dann machen Sie mal weiter«, sagt Frau von Oldenburg. »Das Geld überweise ich Ihnen gleich per Paypal.«

Zweitausend Euro. Ich komme gar nicht darüber hinweg. Hat das Universum etwa ein Einsehen und schickt mir ein Weihnachtswunder? Als ausgleichende Gerechtigkeit für die vielen Stolpersteine, die mir mein kaputtes Karma in den Weg gelegt hat?

Gerade will ich die Reste der Maske mit einem Papiertuch entfernen, als es an der Tür klingelt. Ich stutze. Wer kann das sein? Die nächste Kundin ist doch erst in einer halben Stunde dran?

»Sorry, bin gleich wieder da, Frau von Oldenburg«, entschuldige ich mich und laufe in den Eingangsbereich, der vom übrigen Salon mit einem bodenlangen halbtransparenten Vorhang abgetrennt ist.

Hastig schließe ich die Tür auf. Dann muss ich erst mal Luft holen. Wow. Doppel-Wow. Das ist keine Kundin. Das ist ein Mann. Zu sagen, er sei attraktiv, wäre eine unzulässige Untertreibung. Gar nicht mal groß und auch nicht so breitschultrig wie Nick, hat er dennoch das gewisse Etwas. Das Erste, was mir zu ihm einfällt, ist das Wort *smart*. Gut geschnittenes Gesicht mit gepflegtem Dreitagebart. Volle, aber nicht zu volle Lippen. Kurzgeschnittenes dunkles Haar. Eleganter dunkelblauer Blazermantel.

»Guten Morgen«, werde ich von ihm begrüßt. »Ich habe von Ihren besonderen Cremes gehört und wollte sie zu Weihnachten …« Mitten im Satz bricht er ab, während sein Blick auf die kleinen pudrig überzuckerten Weihnachtsbäume fällt, die auch hier im Eingangsbereich stehen. Dann betrachtet er meine Tannenzweiggirlande mit silbern angepinselten Pinienzapfen und die großen silbernen Schalen voller metallisch schimmernder Kugeln, die ich im ganzen Raum verteilt habe. »Was für eine wunderbare Dekoration!«

Nach Nicks Kommentaren geht mir das runter wie Öl.

»Sie mögen es?«, vergewissere ich mich überflüssigerweise.

»Ich liebe es!« Lächelnd streckt er mir seine rechte Hand hin. »Louis Riedel. Schön, Sie kennenzulernen. Ich bin nämlich ein echter Weihnachtsfreak. Frei nach dem Motto: Too much is not enough, freue ich mich wie ein Kind, wenn so liebevoll geschmückt wird. »

Ja, gibt's denn so was? Einen Mann, der genauso dekoverrückt ist wie ich? Von welchem weihnachtlich besternten Himmel ist der denn gefallen?

Ich ergreife seine Hand. Angenehmer Händedruck. Nicht zu hart, nicht zu weich. Und jetzt? Etwas befangen stehen wir da und mustern einander. Wie bei einem Blind Date, bei dem man sich gegenseitig unter die Lupe nimmt. Was natürlich eine ganz falsche Assoziation ist.

»Sie – Sie wollen eine Creme kaufen?«, frage ich schließlich.

»Ja, für meine Mutter, als Weihnachtsgeschenk. Hätten Sie einen Tipp für mich?«

Na, und ob.

»Sehr beliebt ist meine Handcreme mit naturreinem ätherischem Orangenöl und Kakaobutter«, lege ich los. »Darin steckt das nährende Theobromin, die sogenannte Speise der Götter. Auch meine Nachtcreme mit Sheabutter und Rosenwasser ist äußerst begehrt. Sie kommt ganz ohne allergieverdächtige Konservierungsstoffe aus, weil ich sie mit Teebaumöl haltbar mache. Riecht etwas eigenartig, hat aber einen phänomenal glättenden Effekt.«

»Offensichtlich verwenden Sie die Creme selbst.« Wieder lächelt er, und wir beide wissen, dass das ein Kompliment war. »Ich nehme die Handcreme und die Nachtcreme.«

Während er eine Kreditkarte aus seiner Manteltasche holt, versuche ich, meinen Atem zu kontrollieren. Junge, Junge, was für ein Wunder von Mann. Er steht auf Weihnachten! Er liebt Deko! Und ist auch noch attraktiv, flüstert ein fieses kleines Teufelchen in mein Ohr. Nicht, dass ich jemals fremdflirten würde. Nick ist der König meines Herzens. Aber so eine weihnachtliche Seelenverwandtschaft kickt mich dann schon ein bisschen.

»Besten Dank«, sagt er, nachdem ich seine Karte durchgezogen habe. »Dürfte ich vielleicht auch mal zur Behandlung kommen? Wie gesagt, habe ich nur Gutes über Sie gehört.«

Jetzt bin ich völlig verdattert. Er möchte eine Kosmetikbehandlung?

»Kann ich Ihnen nur empfehlen!«, ruft Frau von Oldenburg, die durch den dünnen Vorhang alles mitbekommen hat. »Frau Tremper ist die Beste!«

»Dann hätte ich gern einen Termin«, schmunzelt mein ganz persönlicher Weihnachtsmann. »Wie sieht's denn morgen bei Ihnen aus?«

»Kriegen wir hin«, höre ich mich sagen.

Kapitel 5

IN DER WEIHNACHTSBÄCKEREI

Ein gutes Frühstück ist der beste Start in den Tag, heißt es. Für mich persönlich erschöpft sich diese goldene Regel nicht nur in vollwertigem Essen, auch eine gewisse Ruhe und Harmonie sollten walten. Der Alltag ist hektisch genug. Deshalb gebe ich mir immer Mühe, eine entspannte Frühstücksatmosphäre zu erschaffen.

Bislang hat das heute ganz gut geklappt. Die etwas sterile perlgraue Einbauküche – wer hat die wohl durchgesetzt, na? – wird vom Schein meiner Windlichter, Schwibbögen und Duftkerzen erleuchtet, dazu läuft meine Kinderweihnachtsliederplaylist, von Alisa und Benny heiß geliebt. So wie die kleinen Schokoladen-Nikoläuse, die ich ihnen heute auf den Frühstückstisch gelegt habe.

Was Nick davon hält? Ist das relevant? Er wird sich dran gewöhnen müssen, dass es bei uns in der Adventszeit etwas anders läuft, als von ihm erwünscht.

»Mum, weißt du, warum der Nikolaus ein Mann ist?«, fragt Alisa, als ich ihr einen Sojajoghurt mit frischen Früchten hinstelle.

»Weil … äh, nein?«

»Keine Frau würde Jahr für Jahr dieselben Klamotten anziehen.«

Darüber lacht Nick so herzlich, als sei ich eine dieser Frauen, die dauernd shoppen gehen. Bin ich nicht. Könnte ich mir auch gar nicht leisten.

»Niedlicher Witz«, hüstle ich, »erzähl ihn aber bitte nicht in der Schule, sei so gut, ja?«

Vorwurfsvoll legt Alisa ihr Köpfchen schräg.

»Hättest du nicht extra sagen müssen, Mum. Der Witz basiert auf Gender-Klischees. Das macht ihn ja so lustig.«

»Was ist noch mal dieses Tschender?«, fragt Benny.

»Frag lieber, ob heute der Nikolaus kommt«, sagt Nick, der am Herd steht und sich direkt aus der Pfanne am Rührei mit Schinken bedient.

»*Ob*? Natürlich kommt der Nikolaus!« Mit den Augen signalisiere ich ihm, dass Scherze über dieses Thema absolut unangebracht sind. »So liebe Kinder wie Alisa und Benny werden selbstverständlich vom Nikolaus besucht.«

»Tut mir leid, hab's nicht böse gemeint.«

Sehr gut. Immerhin ist er lernfähig. Wer nie Kinder hatte, kennt halt nicht die emotionalen Verwerfungen, die durch solche Bemerkungen entstehen können. Doch das wird schon. Nick bemüht sich, das ist ein Anfang. Innerlich gebe ich ihm einen Pluspunkt auf der nach oben offenen Skala familiärer Kompetenzen.

»Ich war lieb, aber eine Playstation kriege ich trotzdem nicht zu Weihnachten«, beschwert sich Benny.

Geheimnisvoll lächelnd unterbreche ich meine Vorbereitung der Pausensnacks – Käsebrote, Gurkenstückchen, Apfelschnitze – und zwinkere ihm zu.

»Abwarten.«

Drei Augenpaare starren mich an. Benny, der in einem bunten Nikolaus-Pullover am Tisch sitzt und schlagartig aufhört, in seinem Müsli rumzustochern. Alisa, die heute ein graues Sweatshirt mit dem Aufdruck *Ich fordere Mindesthirn für alle* trägt. Und Nick. Vor allem Nick.

»Sag mal, hast du im Lotto gewonnen, oder was?«, raunt er mir ins Ohr, als ich zu ihm an den Herd trete. »Solche teuren Geschenke sind nicht drin, darüber waren wir uns doch einig.«

Eine Antwort bleibe ich ihm schuldig. Mit voller Absicht. Ich habe Nick noch nichts von dem Geldsegen erzählt, den ich Frau von Oldenburg verdanke. Männer müssen nicht alles wissen. Schon gar kein Mann, der so wenig vom einzigartigen Weihnachtszauber versteht wie Nick. Wozu mit ihm diskutieren? Ich habe meine eigenen Pläne, und ich werde sie verwirklichen. Deshalb weiß er auch noch nicht, dass vier weitere Gäste unsere Festtage bereichern werden: Fiona und Daniel mit seinen Eltern – falls die denn zustimmen.

Irgendwie muss ich über mich selbst lachen. Der Weihnachtsschlamassel wird größer und größer. Na, und? Wird schon schiefgehen. Gut gelaunt singe ich Rolf Zuckowskis »Weihnachtsbäckerei« mit, ein Song, der in keiner Kinderweihnachtsliederplaylist fehlen darf. Auch Alisa und Benny schmettern mit.

»Zwischen Mehl und Milch
macht so mancher Knilch
eine riesengroße Kleckerei!«

»Niedlicher Text«, sagt Nick.

Ein weiterer Pluspunkt landet auf der Skala. Zwar ahne ich, dass er den Song keineswegs niedlich, sondern eher nervig findet, doch ganz offensichtlich möchte er keinen Misston in unser Frühstück bringen. Auch über meine Dekoration verliert er heute kein Wort. Friedlich stehen meine Duftkerzen auf der Fensterbank, friedlich brennen die Kerzen auf den Schwibbögen und in den Windlichtern.

»Mum, was wünschst du dir eigentlich vom Christkind?«, fragt Alisa, als das Lied endet.

Was ich mir wünsche?

Na, was wohl. Einen Mann, der mir nie wieder die Weihnachtszeit madigmacht.

Komisch. Wieso fliegen meine Gedanken zu einem gewissen Herrn, der Weihnachten über alles liebt, meine Deko wunderbar findet und unbedingt einen Termin bei mir wollte? Ich habe ihn heute Morgen noch reingeschoben, gleich um acht. Wie hätte ich ihm widerstehen können, nachdem er sich als Weihnachtsfan geoutet hat?

»Mum! Du sagst ja gar nichts!«

»Ganz einfach«, strahle ich, »Mami wünscht sich ein glückliches harmonisches Weihnachtsfest.«

Mit großen Augen schaut Alisa mich an.

»Wusstest du, was es bedeutet, wenn man in der dritten Person von sich spricht?«

»Verrat's uns«, fordert Nick sie auf, wenngleich er nicht so aussieht, als sei er besonders scharf auf die Erklärung.

»Es bedeutet, dass man regrediert, also in eine kindliche Phase zurückfällt«, doziert Alisa, die schon morgens um sieben im Vollbesitz ihrer geistigen Kräfte ist. »Kleinkinder reden in der dritten Person von sich, weil sie ihr Ich noch nicht entdeckt haben.«

Im Gegensatz zu meiner Tochter befinde ich mich um diese Uhrzeit keineswegs auf einem gesteigerten geistigen Level.

»Was heißt das genau, Schätzchen?«

»Es geht um die eigene Persönlichkeit«, setzt sie mir geduldig auseinander. »Spätestens mit vier Jahren weiß ein Kind, dass es eine hat. Wenn man als Erwachsener trotzdem von sich in der dritten Person spricht, könnte es daran liegen, dass man ein Problem mit seiner Persönlichkeit hat. Man macht sich klein, sozusagen.«

Uff. Manchmal ist mir meine Tochter geradezu unheimlich. Auf ihre Weise gibt sie mir gerade zu verstehen, dass sie die unterschwelligen Revierkämpfe zwischen Nick und mir durchschaut hat und nun fürchtet, ich könnte in dieser Beziehung ein Stück meiner Identität verlieren.

Womit sie gar nicht mal so unrecht hat. Jeder Kompromiss hat Nebenwirkungen, weil er alles auf den Prüfstand stellt, was man bisher für selbstverständlich gehalten hat. Auch mich bringt er ja ins Grübeln. Schon krass, wie kompliziert es ist, mit einem Mann zusammenzuleben, der als Lover völlig komplikationsfrei war.

»Lernt ihr eigentlich auch was Nützliches in der Schule?«,

muffelt Nick, dem wohl ebenfalls klar ist, dass Alisa einen wunden Punkt angesprochen hat. »Einmaleins, Rechtschreibung, solche Sachen?«

»Selbstverständlich«, nickt sie hoheitsvoll.

»Da bin ich aber froh. Bevor man *ich* sagen darf, sollte man erst mal die Basics kennen.«

Heieiei. Klingt ganz so, als fühle sich Nick provoziert. Doch ich wäre keine Löwenmutter, wenn ich mich jetzt nicht vor Alisa stellen würde.

»Sehr interessant, meine Süße«, versichere ich. »Du bist immer eine Bereicherung für unsere Gespräche.«

»Danke.« Konzentriert spießt sie ein Stückchen Mandarine auf ihre Gabel. »Das Sprechen in der dritten Person nennt man übrigens Illeanismus.«

Nick verzieht das Gesicht. Männer werden nicht gern belehrt, schon gar nicht von einer Achtjährigen. Da kann ich froh sein, dass Alisa heute nicht ihr Sweatshirt mit dem Aufdruck *Einer von uns beiden ist schlauer als du* trägt. Doch bevor Nick etwas erwidern kann, klingelt sein Handy.

»Mutter!«, ruft er erfreut. Statt wie üblich den Raum zu wechseln, um ungestört mit seiner über alles geliebten Frau Mama zu plaudern, hört er kurz zu und reicht dann das Handy an mich weiter. »Sie will dich sprechen.«

Jetzt? Demonstrativ zeige ich zur Küchenuhr. Wer ruft denn bitte so frühmorgens an? Zu einer Zeit, in der berufstätige Menschen mit schulpflichtigen Kindern nun wirklich Besseres zu tun haben, als am Handy zu hängen?

»Jetzt nimm schon, Schatz.« Ohne sich um meinen stummen Protest zu kümmern, drückt mir Nick das Smartphone in die Hand. »Ist bestimmt dringend.«

Da bin ich ja mal gespannt. Müsste schon mindestens ein tragischer Todesfall sein, was diesen Anruf rechtfertigt. Oder Nicks Eltern können Weihnachten nicht kommen, was natürlich grandios wäre.

»Hallo Nele, gut, dass wir reden«, bohrt sich Gabrieles scharfkantiger Sopran in mein rechtes Ohr. »Welche Plätzchen hast du für Weihnachten vorgesehen?«

Das will sie wissen? Jetzt?

»Unter anderem Mandelkekse«, presse ich hervor.

»Mandelkekse?«, wiederholt sie schrill. »Nick mag am liebsten Spitzbuben. Und Haselnussschnitten. Und Vanillekipferl mit Marmeladenfüllung. Ich whatsappe dir die Rezepte.«

»Danke.« Danke für gar nichts. Wenn überhaupt, kaufe ich solche anspruchsvollen Kreationen in Fionas Biobäckerei, weil ich sonst bis Weihnachten vor dem Backofen nächtigen müsste. »Dann noch einen schönen Tag, Gabriele.«

»Halt, halt!« Ihre Stimme schraubt sich noch etwas höher. »Was für ein Geschirr hast du geplant?«

Ich glaub's ja nicht. Pathologischer Kontrollfreak wäre noch eine freundliche Umschreibung für das, was Gabriele hier abzieht.

»Mein – äh, Weihnachtsgeschirr.« Was denn sonst. »Es ist cremeweiß, verziert mit kleinen roten Nikoläusen und grünen Tannenzweigen.«

»Gar nicht gut.« Gabriele atmet schwer. »Nick mag es schlicht.«

»Ist mir bekannt.«

»Nun mal nicht so kiebig, Nele. Wir werden Weihnachten gemeinsam verbringen, da ist es unerlässlich, ein paar Dinge zu klären.«

Mmmmja. Irgendwas muss immer geklärt werden. Abwasser zum Beispiel. Aber alles zu seiner Zeit.

»Sehr gern«, säusele ich, obwohl ich wie auf glühenden Kohlen stehe. »Schließlich geht es ja um Weihnachten, das Fest der Feste. Leider bin ich just in diesem Moment total in Eile. Ist morgens immer stressig.«

»Ach, wirklich?«

Wer so dämlich nachfragt, schaut wahrscheinlich auch mit einem brennenden Streichholz nach, ob noch Benzin im Tank ist. Ich stehe kurz vor einem Wutausbruch. Und zwar vor einem Wutausbruch der Sorte, bei dem ich mich glatt vergessen könnte. Nur aus Rücksicht auf Nick und die Kinder reiße ich mich zusammen.

»Die Kinder müssen gleich zur Schule«, erkläre ich mit meinem letzten Rest Contenance. »Außerdem fängt in einer knappen Stunde meine Arbeit an, vorher ...«

»Ja, ja, als berufstätige Mutter hat man's nicht leicht«, fährt mir Gabriele über den Mund. »Damals, als Nick geboren wurde, stand ich auch immer unter Zeitdruck. Deshalb entschloss ich mich, nur noch Hausfrau und Mutter zu sein. Eine goldrichtige Entscheidung, glaub mir. Man kann sich viel besser um alles kümmern, und auch ein weiteres Kind ist kein Problem.«

Ich bin sprachlos. Einfach nur sprachlos. Auf eine kaum

verbrämte Weise will sie mir doch tatsächlich meinen Traumjob ausreden, damit sie Oma werden kann. Zornbebend spüre ich, dass der Wutausbruch in greifbare Nähe rückt, gespickt mit unschönen Worten wie hysterisches Huhn und ignorante Ziege. Wenn ich's mir recht überlege, würden mir auch noch so einige andere Tiernamen einfallen, von denen Elefant im Porzellanladen noch der netteste ist. Diese Frau ist ein ganzer abartiger Zoo.

»Nele? Bist du noch dran?«

Cool bleiben. Servier sie ab, aber auf die niedrigschwellige Art.

»Ja, ich bin noch dran. Allerdings nicht mehr lange. Um acht kommt mein erster Kunde.«

»Wie, ein Kunde?«, echot sie pikiert. »Sprichst du etwa von einem – Mann?«

Ohne sie zu sehen, weiß ich, dass sie entrüstet die Augenbrauen hochzieht. Nick tut dasselbe.

»Seit wann behandelst du denn Männer?«

»Immer schon«, behaupte ich.

Was stimmt. Na ja. Fast. Ganz früher mal habe ich dem Ehemann einer Kundin eine Maniküre verpasst. Insofern spreche ich die Wahrheit, auch wenn es eine eher wackelige Wahrheit ist. Nick scheint das irgendwie zu spüren. Männlicher Instinkt, notorische Eifersucht, was weiß ich. Breitbeinig baut er sich vor mir auf.

»Und für irgend so einen fremden Kerl, den du mit deinen Händen verwöhnen willst, soll ich heute die Kids zur Schule bringen?«

Das war's dann wohl mit dem entspannten Frühstück. Mit aller Kraft drücke ich die Deckel auf die Brotboxen und pfeffere sie auf die Arbeitsfläche.

»Das hatten wir doch besprochen, Nick. Gerade jetzt vor Weihnachten kann ich jeden zusätzlichen Euro gebrauchen.«

»Neeeleeee?«, quäkt es aus dem Handy. »Was ist da bei euch los?«

Himmel, der wandelnde Zoo ist ja auch noch da. Lässt sich ändern.

»Ciao, Gabriele.«

Damit drücke ich das Gespräch weg, gebe Nick das Handy zurück und tue so, als würde ich seine umwölkte Miene gar nicht bemerken.

»Danke übrigens, dass du die Kinder fährst. Damit entlastest du mich sehr.«

Bloß keine weitere Diskussion. Es ist ja nicht nur der Kunde, weshalb ich so früh im Kosmetikstudio sein will. Gleich nachdem Frau von Oldenburg gestern gegangen ist, habe ich bei einem großen Versandhändler die neueste Version von Bennys heiß ersehnter Playstation bestellt. Außerdem ein hochwertiges Smartphone für Alisa. So viel Gerechtigkeit muss sein, wenn man zwei Kinder hat: Das eine darf nicht ein teures Hightech-Teil bekommen und das andere nur ein Buch oder ein Brettspiel.

Um auf Nummer sicher zu gehen, ist es eine Expressbestellung. Was bedeutet, dass die Pakete heute im Laufe des Tages eintreffen werden. Als Adresse habe ich den Salon angegeben, weil ich verhindern will, dass Nick davon Wind bekommt.

Wenn die Kinder an Weihnachten ihre Geschenke auspacken, wird er schon keinen Aufstand machen. Aber bis dahin möchte ich mir nicht täglich anhören müssen, dass ich meine Kinder zu sehr verwöhne.

»So, bitte Schulsachen packen und Schuhe anziehen, in zehn Minuten ist Abmarsch!«, kommandiere ich so fröhlich, wie es eben geht, wenn die Stimmung gekippt ist. »Und nicht eure Mützen vergessen!«

»Wann gehen wir eigentlich auf den Weihnachtsmarkt?«, fragt Alisa.

»Au ja!« Benny reißt die Arme hoch. »Bitte, Mami! Da gibt's dieses Jahr eine Rodelbahn!«

»Wie immer habe ich den Weihnachtsmarkt für den zweiten Advent eingeplant«, antworte ich. »Wir könnten mit Fiona und ihren Jungs hingehen.«

»Jippiiieee!«, jubelt Benny.

Nick hält sich bedeckt. Schweigend wartet er, bis sich Alisa und Benny trollen. Auch ich warte. So vieles brennt mir auf der Seele. Wer hat noch gesagt, ein Mann sei kein Fertigprodukt, sondern müsse geformt werden? Sofern das stimmt, liegt ein langer Weg vor mir. Kurz, aber wirklich nur ganz kurz, blitzt die Frage in mir auf, ob es womöglich ein Fehler war, so schnell zusammenzuziehen. Mit Wehmut denke ich an unsere Dating-Phase: unbändige Vorfreude, Kribbeln im Bauch, jedes Treffen ein rauschendes Fest.

Jetzt teilen wir Tisch und Bett. Und diverse Meinungsverschiedenheiten in puncto Weihnachten.

»Bevor du was sagst«, beginne ich, als die Kinder außer

Hörweite sind, »ich möchte, dass wir nicht weiter auf diesem Niveau reden.«

Unwillig bläst Nick die Backen auf.

»Welches Niveau?«

»Eben. Es gibt keins.«

Ein letzter Rest Rührei verschwindet in seinem Mund. Dann vergräbt er die Hände in den Hosentaschen seiner Jeans.

»Lassen wir mal die Nummer mit deinem Kunden beiseite. Viel wichtiger: Es bedeutet mir sehr viel, dass du mit meiner Mutter respektvoll umgehst. Gespräche wegdrücken gehört nicht dazu.«

Mich morgens um sieben mit irgendwelchen Plätzchenrezepten nerven, obwohl ich keine Zeit habe, zeugt auch nicht gerade von Respekt. Das könnte ich jetzt zwar sagen, würde damit aber eine weitere Eskalationsstufe zünden.

»Hast recht«, lenke ich deshalb ein. »Das nächste Mal werde ich mich ausgiebig mit ihr unterhalten. Vorausgesetzt, es passt gerade.« Den letzten Satz konnte ich mir einfach nicht verkneifen. »Wie sieht es denn bei dir am zweiten Advent aus?«

»Wieso?«

»Der Weihnachtsmarkt«, erinnere ich ihn. »Das ist auch eins dieser Rituale in der Adventszeit, an denen uns sehr viel liegt.«

Nick sieht mich an wie jemanden, der unter einer schweren Wahrnehmungsstörung leidet.

»Überraschung – mir liegt keineswegs viel daran. Weihnachtsmärkte sind doch das Wacken der Spießer. Zu voll, zu teuer und letztlich nur ein Trick mehr, den Leuten das Geld aus der Tasche zu ziehen. Und wofür? Für lauter Ramsch *made in China*, den sie sowieso schon zu Hause haben.«

Klappt ja super, mein Konzept, Nick zu formen. Offenbar ist er bereits ein Fertigprodukt. Und zwar eines, das sich nicht mehr verfeinern lässt.

»Nele, Schatz, nun zieh doch nicht so ein Gesicht.« Liebevoll legt er mir einen Arm um die Schulter. »Vorschlag zur Güte: Ich könnte mit den Kindern auf die Gokart-Bahn gehen. Oder zu einem Indoorspielplatz.«

Doch ja, Nick bewegt sich. Leider in die falsche Richtung. Gokart-Bahnen und Indoorspielplätze haben nun wirklich gar nichts mit Weihnachten zu tun.

»Mum?« Fertig angezogen und mit dicken Winterboots kommt Alisa in die Küche gestiefelt. »Wusstest du, dass vierunddreißig Prozent der Deutschen nachts von ihrer Arbeit träumen? Heißt das dann, Nick träumt als Polizist von Verbrechern und du von dem fremden Mann, den du gleich mit deinen Händen verwöhnst?«

Kapitel 6

O DU FRÖHLICHE

Deprimiert schließe ich die Tür zu meinem Kosmetikstudio auf. Es ist zwanzig vor acht, das Wetter ist frostig, meine Laune dümpelt jenseits des messbaren Bereichs. O, du traurige. Nie hätte ich gedacht, dass ich mal mit so viel Grauen an Weihnachten denken würde.

Als ich die Beleuchtung des Salons anknipse und mir die Pracht der vielen kleinen Tannenbäumchen entgegenstrahlt, hebt sich meine Stimmung ein wenig. Dies hier ist mein Reich. Ein geschützter Raum, in den mir keiner reinreden darf. Von unserer Wohnung kann ich das leider nicht mehr behaupten. My home is my castle? Weit gefehlt.

Und schon sackt meine Stimmung wieder auf den Nullpunkt.

Eins steht mal fest: Wenn Gabriele erst mal das Regiment übernommen hat, und das wird sie hundertpro, zerkrümelt meine schöne Weihnachtsvision wie einer dieser staubtrockenen glutenfreien Kekse, die Daniels Mutter immer zu den Elternabenden mitbringt.

Frauen wie Gabriele geben niemals auf. Da ich selber eine

Löwenmutter bin, braucht es wenig Fantasie, mir auszumalen, wie erbittert sie Nicks vermeintliche Interessen durchsetzen wird. Was bespricht sie wohl hinter meinem Rücken mit ihm? Wie oft wird sie mich noch anrufen? Liegt sie mir die gesamten Weihnachtstage über in den Ohren, dass ich dies und das anders machen soll? Wird sie weiter auf dem Babythema rumreiten?

Und das ist ja noch nicht alles. Hausfrau soll ich also werden. Nichts gegen Hausfrauen. Wenn man das von Herzen gern möchte, kann es sicherlich sehr erfüllend sein. Nur dass ich meinen Beruf als Berufung empfinde. Es ist so viel mehr als ein Job: Ich brenne für das, was ich tue! Und Gabriele? Will mir das ausreden? Ist vielleicht nicht sehr erwachsen, so was zu denken, aber bei der klemmt ja wohl das Türchen im Adventskalender.

Einfach abtropfen lassen, Nele, spreche ich mir Mut zu. Zieh dein Ding durch und konzentrier dich auf das, was du richtig gut kannst: Menschen verschönern.

Also los. Gleich kommt dieser Louis Riedel, dann sollte alles vorbereitet sein. Als Erstes nehme ich ein frisches Handtuch, natürlich in einem sanften Pfirsichton, abgestimmt auf die Wandfarbe, und breite es über die Liege. Danach checke ich meine Tiegel und Töpfchen, lege einen Stapel Tissues daneben und fülle den Bedampfer mit frischem Wasser. Jetzt nur noch die Musikanlage anstellen, fertig.

Das wär's. Mr Christmas kann kommen.

Kaum habe ich an der gläsernen Eingangstür das Schild *Geöffnet – Herzlich willkommen* umgedreht, wird die Tür ungestüm aufgestoßen, und Fiona rauscht herein. Ihr Gesicht ist von der Kälte gerötet, auf ihrem beigen Kamelhaarmantel liegt ein fluffiger Schneeflockenkragen.

»Da habe ich aber Glück, dass ich dich erwische!«, japst sie. »Ich wollte dich unbedingt sehen, so verstrahlt, wie du bei Hermine rübergekommen bist.«

Ach, Fiona. Manchmal weiß ich gar nicht, womit ich eine so wunderbare Freundin verdient habe.

»Freut mich, dass du mir die schlechte Laune verderben willst.«

Forschend sieht sie mich an.

»So schlimm? Was ist passiert?«

»Na ja, was wirklich Neues kann ich dir nicht erzählen.«

»Komm mit.« Ohne weiter zu fragen, nimmt sie meine Hand und zieht mich neben den Empfangstresen zu der kleinen cremeweißen Wartecouch, auf die wir synchron plumpsen. »Nur zur Erinnerung: Beste Freundinnen hören sich denselben Käse hundertmal an. Genau daran erkennt man übrigens beste Freundinnen.«

»Danke.« Diesmal ist es ein echtes Danke. »Genau das habe ich gebraucht. Ehrlich, ich gebe mir wahnsinnig Mühe, damit es zwischen Nick und mir wieder rund läuft. Trotzdem brodelt es gewaltig. Jetzt will er nicht mal mit auf den Weihnachtsmarkt.«

Eine Weile betrachtet Fiona die Spitzen ihrer schneedurchgeweichten braunen Stiefel. Ich wiederum betrachte Fiona. Sie ist immer noch wunderschön, auch wenn sie als alleinerziehende dreifache Mutter ein ziemlich anstrengendes Leben führt. Ihr ebenmäßiges herzförmiges Gesicht kommt ganz ohne Make-up aus, und seitdem sie meine selbstgemachte Sheabuttercreme verwendet, leuchtet ihr Teint wie der eines jungen Mädchens.

»Nele, Süße.« Seufzend drückt sie meine Hand und lässt sie dann los. »Ich weiß, wenn man mitten drinsteckt, fühlt es sich schrecklich an. Aber so ein Beziehungskater ist nichts Ungewöhnliches.«

»Beziehungs …? Was meinst du?«

»Als ihr euch kennengelernt habt, war es wie ein Rausch. Aber auf den Rausch folgt unweigerlich der Kater. Eurer ist besonders heftig, weil die Weihnachtszeit wie ein emotionaler Lackmustest ist: Seid ihr auf demselben Level? Habt ihr dieselben Vorstellungen, wie man diese Zeit gestalten sollte? Glaub mir, so gut wie jeder Mann wäre ein bisschen überfordert von deinen himmelhohen Erwartungen.«

»Wieso? Was ist falsch daran?«

»Nichts. Nur dass deine Ansprüche an ein kuscheliges Adventsfeeling überdurchschnittlich hoch und Nicks unterdurchschnittlich niedrig sind. Zwei Puzzleteile, die nicht ineinanderpassen.«

»Vergiss nicht das dritte Puzzleteil: seine Mutter.«

Mit einer kleinen Grimasse öffnet Fiona den obersten Knopf ihres Mantels und lehnt sich zurück.

»Zumindest an den Weihnachtstagen hat sie keine Chance. Ich bin ja auch noch da. Sobald sie rumzickt, gibt's klare Kante. Subtil natürlich. Kein offener Kampf, sondern Softball mit Samthandschuhen und Zimtaroma. Ich mach sie mit Liebenswürdigkeit fertig, verlass dich drauf.«

Mit offenem Mund höre ich Fiona zu. Obwohl wir ungefähr gleich alt sind, ist sie für mich fast so was wie eine große Schwester. Wie schafft sie es nur immer wieder, mir das Gefühl zu geben, allein durch ihre Anwesenheit könnte alles gut werden?

»Und wie biege ich das mit Nick wieder hin?«

»Nick. Na ja.« Fiona fegt ein paar Schneeflocken von ihrem Mantel. »Sieh zu, dass du vor Weihnachten wieder mit ihm ins Reine kommst.«

»Doll. So weit war ich auch schon.«

»Nur mit dem Unterschied, dass ich eine Idee habe«, lacht sie schelmisch. »Bei euch zu Hause brennt die Hütte. Also bereinigt euren Dauerclinch am besten auf neutralem Terrain.«

»Bei einem Spaziergang? Etwas in der Art?«

»Zu dieser Jahreszeit? Womöglich im Schneetreiben? Ich hatte an was Romantischeres gedacht, ein gemütliches Lokal vielleicht. Gönnt euch ein gutes Essen, genießt eine Flasche Wein, gebt euch Zeit zum Reden, lasst alles raus. Das ist wie eine Darmspülung für die Beziehung.«

Fiona und ihre Vergleiche. Ich muss ein bisschen kichern, aber in gewisser Weise kommt's hin. Die Kommunikation zwischen Nick und mir ist verstopft, mit Lebkuchen, Weihnachtskugeln und Lichterketten.

»Leider hat er's nicht so mit Gemütlichkeit«, erwidere ich. »Auch Romantik ist nicht gerade seins. Außerdem mag er handfestes Essen und trinkt keinen Wein. »

»Dann bleibt nur eins: McDonald's.«

Darüber müssen wir beide lachen, und ich merke, wie befreiend das ist.

»Warum eigentlich nicht? So eine Fast-Food-Bude ist ungemütlich, komplett unromantisch, und eine Weinkarte drängt man Nick da garantiert nicht auf.«

»O du Fröhliche, die Damen!«, werden wir unterbrochen. »Na, schon bester Stimmung am heutigen Nikolaustag?«

Ich fahre zusammen. Da steht er. Louis Riedel, wie er leibt und Weihnachten liebt: In seiner rechten Hand hält er einen Strauß aus Tannenzweigen, verziert mit roten Schleifchen und kleinen Nikoläusen. Fiona wirft mir einen verständnislosen Blick zu, ich schieße von der Couch hoch. Offensichtlich war ich derart gebannt von unserem Mädelsgespräch, dass ich ihn gar nicht habe reinkommen hören.

»Bitte sehr.« Mit einer angedeuteten Verbeugung überreicht er mir den Strauß. »Für die Christmas-Queen.«

Ich bin so verlegen, dass ich an den Tannenzweigen schnuppere, als wären es Rosen. Nele, du Dämlack.

»Ich hoffe doch, ich habe Ihren Geschmack getroffen«, fügt er hinzu.

»Ja, vielen Dank, wirklich süß von Ihnen.«

»Ehrensache.« Mit abgezirkelten Bewegungen nimmt er seinen Schal ab. Einen roten Schal, was sonst. »Tut mir leid, dass ich die Zipfelmütze vergessen habe, das wäre stilechter gewesen.«

»Nein, nein, die Geste zählt«, entgegne ich und spüre, dass mir eine heiße Röte in die Wangen steigt. »Legen Sie doch bitte ab. Ich begleite Sie dann in den Behandlungsbereich.«

Während er seinen dunkelblauen Blazermantel auszieht und an den Garderobenständer hängt, macht mir Fiona wilde Zeichen. Feixend wackelt sie mit allen zehn Fingern, dann spielt sie auf einer unsichtbaren Mini-Geige eine unhörbare, aber zweifellos süßliche Melodie. Fehlt nur noch, dass sie Daumen und Zeigefinger zu einem Herz formt. Also wirklich. Als wären wir Teenager. Vielleicht sind wir das ja auch. Manchmal. Innen drin.

Als sich mein neuer Kunde zu uns umdreht, erstarrt Fiona augenblicklich, was ein urkomisches Bild abgibt. Es fällt mir schwer, nicht zu giggeln wie ein Schulmädchen. Stattdessen deute ich mit einer einladenden Handbewegung in den hinteren Bereich des Salons.

»Wenn Sie dann bitte mitkommen würden …«

Ich gehe voran, er folgt mir und sieht sich neugierig um.

»Sehr geschmackvoll«, sagt er anerkennend. »Und auch hier so wunderschön geschmückt! Wissen Sie was? Zu Hause habe ich exakt die gleichen kleinen Tannenbäume.«

Will der mich etwa verladen? Oder ist das hier eine neue Folge *Versteckte Kamera?* Kann doch nicht sein, dass ein wildfremder Mann auf derselben Wellenlänge schwingt wie ich.

»So ein Zufall«, murmele ich. »Na, wie auch immer, machen Sie es sich bequem, Herr Riedel. Bin gleich wieder bei Ihnen.«

»Sagen Sie doch Louis.«

»Okay … Louis. Wenn Ihnen kalt wird, können Sie auch noch eine Decke haben.«

Er lächelt nur, als wäre er der Weihnachtsmann höchstpersönlich. Mit einem beherzten Ruck ziehe ich den Vorhang zu und husche wieder zu Fiona, die mir verschwörerisch zuzwinkert.

»Wer ist denn bitte dieser Hottie?«, wispert sie.

»Ein neuer Kunde«, flüstere ich. »Ein Weihnachtsfreak.«

Fionas nussbraune Augen weiten sich. Ob tadelnd oder begeistert, ist schwer zu sagen.

»Seit wann behandelst du überhaupt Männer?«

»Seit heute.« Beiläufig stelle ich den Nikolausstrauß in einen leeren Blumentopf, in dem unlängst ein Supermarkt-Weihnachtsstern verendet ist. »Wollen wir später weiterreden?«

»Unbedingt.« Fiona erhebt sich von der Couch und tritt ganz dicht an mich heran. »Wenn du den Typen nicht gebrauchen kannst – wovon ich ausgehe –, könntest du ihn vielleicht an mich weiterreichen?«

»Ach, du große Güte«, lache ich leise. »Dies ist ein Kosmetikstudio, kein analoges Tinder.«

»In meine Bäckerei spazieren solche heißen Typen jedenfalls nie«, schmollt Fiona. »Darf ich mir wenigstens noch einen Kaffee nehmen, bevor ich gehe?«

»Klar.« Eilig stelle ich die Kapselmaschine an, die auf dem Tresen steht. »Bedien dich. Und was den Typen betrifft, eventuell könnte ich ihn mal für dich abchecken.«

»Aber nur checken, nicht vernaschen.«

Na, na. Ich beschränke mich auf ein flüchtiges »Bis später«, bevor ich wieder hinter den Vorhang schlüpfe. Mein neuer Kunde Louis hat sich inzwischen auf der Liege ausgestreckt und sieht mich erwartungsvoll an.

»Wir beginnen mit einer professionellen Hautdiagnose«, erkläre ich supersachlich, in der Hoffnung, dass er nichts von meinen Albereien mit Fiona mitbekommen hat. »So eine Diagnose ist wichtig für die weiteren Behandlungsschritte.«

»Nur zu«, nickt er. »Ich habe volles Vertrauen in Ihre Kompetenz.«

»Wer hat mich Ihnen eigentlich empfohlen?«, erkundige ich mich, während ich auf meinem Rollhocker Platz nehme und ein schwenkbares Vergrößerungsglas über sein Gesicht schiebe.

»Frau Steinhövel. Die kennen Sie doch, oder?«

Ach, du Elend. Und wie ich diese Dame kenne. Im vergangenen Sommer hat sie sich aus dem Staub gemacht, ohne meine offenen Rechnungen zu bezahlen.

»Man hört, sie lebt jetzt in Marbella?«

»Richtig, dort haben wir zusammen Golf gespielt.«

Sieht ihr ähnlich. Hier hat sie Schulden über Schulden angehäuft, jetzt lebt sie unter südlicher Sonne wie die Made im Speck. Wundert mich ein bisschen, dass sie mich empfohlen hat. Schließlich hätte ich noch ein Hühnchen mit ihr zu rupfen. Aber wahrscheinlich ist das ihre Art, ihr schlechtes Gewissen zu besänftigen.

»Also.« Mit zwei Fingern streiche ich über Louis' Gesicht. »Sie haben eine tolle Haut. Schön straff, keine größeren Trockenheitsfältchen, keine Unreinheiten. Nur der Glow fehlt.«

»Der – Glow.«

»Mit der passenden Pflege werden Sie frischer aussehen, erholter«, erläutere ich den Begriff. »Zunächst trage ich eine Reinigungsmilch auf. Danach folgt eine kurze Bedampfung, damit die Haut aufnahmefähiger für die hydratisierende Maske ist, die ich mit einer speziellen Technik einmassieren werde.«

Er sagt nichts dazu. Liegt nur entspannt da, mit geschlossenen Augen, die Hände auf dem Jackett seines dunkelgrauen Anzugs gefaltet. Hätte ich anders erwartet. Möglich, dass ich sogar ein bisschen enttäuscht bin, nachdem er vorher so viel Interesse an mir gezeigt hat. Andererseits bin ich auch erleichtert, weil ich erst gar nicht in Versuchung kommen kann, mich anflirten zu lassen. Wenn man mit dem Partner im Dauerclinch liegt, ist man empfänglich für so was.

»Es geht los, Louis«, warne ich ihn vor.

Mithilfe eines Schwämmchens trage ich die Reinigungsmilch auf. Auch selbstgemacht. Sie enthält Gurkenwasser und duftet angenehm frisch.

»Mmmmmh. Wunderbar.«

Also doch. Es spricht.

»Ich bin so unwissend, ich war noch nie bei einer Kosmetikbehandlung«, bekennt Louis offenherzig. »Großer Fehler.«

Und du siehst aus, als könntest du mein nächster Fehler werden, schießt es mir durch den Kopf. O Gott. Löschen, Nele. Sofort löschen. Doch das kleine fiese Teufelchen in mir hat noch nicht genug.

»Meine Freundin Fiona, Sie haben sie eben kennengelernt, sagt immer: Ich mache keine Fehler, ich date sie.«

Totenstille. Au weia. Das war jetzt komplett daneben. Oder?

»Sieht nett aus, Ihre Freundin«, erlöst mich Louis aus dieser Peinlichkeit.

»Ist sie auch. Und sehr patent.«

Patent? Irgendwie funktioniert mein Kopf nicht, wie er sollte. Sonst hätte ich Fiona in glühenderen Farben geschildert. Ihre Herzensklugheit, ihren herrlichen Humor, ihre liebevolle Art. Das Gesamtpaket aus Herz und Hirn. Bei mir scheint beides etwas verrutscht zu sein.

Mit einem feuchten Tuch will ich gerade die Reinigungsmilch entfernen, als sich Louis plötzlich aufrichtet und sich zu mir umdreht.

»Heiß hier. Am besten, ich ziehe das Jackett aus.«

Was soll das denn werden? Die meisten meiner Kundinnen wollen eine Decke, weil ihnen kalt ist. Schweigend sehe ich zu, wie Louis sein Jackett ablegt, es ordentlich zusammenfaltet und ans Fußende der Liege legt. Darunter trägt er ein enges steingraues T-Shirt.

»Wissen Sie, ich bin Zahnarzt, in meinem Beruf lerne ich viele Leute kennen.« Seine Augen lodern verdächtig. »Sie sind anders. Als ich Sie gestern sah, dachte ich: Es kommt nicht drauf an, wie viele Menschen man trifft. Sondern auf die wenigen, die Spuren im Herzen hinterlassen.«

O du Schräge. Was soll ich denn bitte mit diesem Kalenderspruch anfangen? Obwohl, na ja, wenn ich so drüber nachdenke, ist er eigentlich ganz hübsch. Der Kalenderspruch. Louis irgendwie auch. Wobei hübsch ja nicht gerade ein gängiges Attribut für Männer ist. Dennoch, sein attraktives Äußeres ist nicht zu leugnen, und auf eine schwer zu ergründende Weise gelingt es ihm, einen gewissen Flow zwischen uns zu erzeugen.

Muss an seinen Augen liegen. An seinem Blick, genauer gesagt. Klug, wach und mit dieser ungeheuren Intensität, die mir schon gestern an ihm aufgefallen ist: als gäbe es nur uns beide auf der Welt. Ich kenne diesen Blick. So hat mich Nick anfangs auch angeschaut.

»Ehrlich gesagt bin ich nicht nur wegen der Behandlung hier«, sagt Louis unvermittelt. »Ich will Ihnen ja nicht zu nahe treten, aber dürfte ich Sie demnächst zu einem Weihnachtsmarktbummel einladen? Ich liebe Weihnachtsmärkte.«

»Ich – ich auch.«

Was noch lange nicht heißt, dass ich mich von ihm einladen lassen darf. Ohne Frage hat er ein Date im Sinn. Und ganz bestimmt keinen Bummel mit fünf zappelnden Kindern.

»Je älter ich werde, desto mehr lerne ich die Magie der Weihnachtszeit zu schätzen«, fährt Louis versonnen fort. »Alles hat so einen besonderen Glanz. Doch diese Wiederverzauberung der Welt muss man auch zulassen. Wieder zum Kind werden, das Staunen wieder lernen. Am besten mit einem Menschen, der genauso empfindet.«

Für ein paar Sekunden verschmelzen unsere Blicke. Etwas gefährlich Vibrierendes liegt in der Luft, dennoch kann ich nicht wegschauen. Er auch nicht. Langsam, wie im Traum, kommt er auf mich zu. Was er übersieht, ist das Tischchen neben der Liege, auf dem die offene Flasche Reinigungsmilch steht. Stand. Im nächsten Moment kippt der Inhalt auch schon auf seine Hose.

»Ach, herrje.« Wie ein bedröppelter kleiner Junge begutachtet er den weißlichen Fleck auf dem Stoff. »Können Sie mir helfen?«

Ich zögere. Ist schließlich nicht meine Schuld, dass er sich bekleckert hat. Dann siegt mein gutes Herz.

»Ich könnte den Fleck schnell im Bad auswaschen. Geben Sie mal her, die Hose.«

Als er seinen Reißverschluss öffnet, drehe ich mich weg. Was für eine blöde Situation. Ohne hinzuschauen, strecke ich meine Hand nach der Hose aus.

»Nele?«, ertönt eine vertraute Stimme.

Mit einem scharfen Ratschen wird der Vorhang beiseitegerissen, und plötzlich steht Nick vor uns.

Wie vom Donner gerührt starrt Louis den Mann in der dunkelblauen Polizeiuniform an. Nick starrt Louis an, der nur T-Shirt und Boxershorts trägt, die zu allem Überfluss mit Nikoläusen bedruckt sind. Ich versinke im Erdboden. Das hätte nicht passieren dürfen. Für gewöhnlich schließe ich vor den Behandlungen die Eingangstür ab. Nur weil Fiona noch einen Kaffee trinken wollte, habe ich die Tür offen gelassen.

Nicks Gesicht verzerrt sich, und er ballt die Fäuste, als ob er auf Louis losgehen will.

»Täusche ich mich, oder habe ich euch bei irgendwas gestört?«

Kapitel 7

SANTA CLAUS IS COMING TO TOWN

Für jemanden, dem die Weihnachtszeit gewaltig auf den Sack geht, macht Nick seine Sache überraschend gut. Mit der roten Kutte und dem angeklebten Wattebart ist er schon rein optisch der perfekte Nikolaus. Aber auch seine Performance kann sich sehen lassen. Gewichtig stampft er durchs Wohnzimmer und schaut jedem der aufgeregt johlenden Kinder tief in die Augen, bevor er seinen schweren Jutesack abstellt.

»Von drauß', vom Walde komme ich her«, deklamiert er mit knarrend verstellter Stimme, »ich muss euch sagen, es weihnachtet sehr. Wart ihr denn auch alle brav? Oder soll ich Knecht Ruprecht holen, damit er seine Rute schwingt?«

Die Kinder kreischen, die Mütter lächeln einander wissend zu. Was sie nicht wissen: In dem roten Nikolauskostüm steckt ein Mann, der seit geschlagenen zehn Stunden kein Wort mit der Gastgeberin dieser Party gewechselt hat. Nick ist mucksch. Nein, stinksauer. Nur den Kindern zuliebe spielt er die Rolle des lieben Nikolaus. Danach, das hat er mir bereits per WhatsApp angekündigt, wird er mit seinen Kumpels ein Bier trinken gehen.

Vielleicht auch besser so. Seit einer Stunde versuche ich, das Beste aus einer komplett verfahrenen Situation zu machen, bin aber keinen Millimeter weitergekommen.

Eigentlich ist alles wie immer. Also schön. In der festlich geschmückten Wohnung strahlen die Kerzen mit den Kinderaugen um die Wette, ein Duft nach Lebkuchen und Spekulatius liegt in der Luft. Das Wohnzimmer ist pickepacke voll. Dicht gedrängt sitzen die Erwachsenen auf unserer breiten roten Couch und den dazugehörigen Sesseln, davor hocken, knien und liegen die Kinder auf dem niedrigflorigen Teppichboden. Letztes Jahr konnten sie es sich noch auf meinem kuscheligen Flokati gemütlich machen.

Ich bin etwas erledigt, denn die Vorbereitung der Nikolausparty war natürlich mein Job. Nick fand sie vollkommen überflüssig. Also musste ich in meiner knappen Freizeit allein einkaufen und in der Küche werkeln. Für so was stand er nicht zur Verfügung. So wenig wie für das Plätzchenback-Event Ende November und das Wichteln am Samstag vor dem ersten Advent. Manchmal frage ich mich tatsächlich, ob das alles sein muss – zumal, wenn man eine berufstätige Mutter ist, die ohnehin schon genug Stress hat. Doch dann überwiegt wieder meine Begeisterung für die Weihnachtszeit und für unsere liebgewonnenen Rituale. Außerdem möchte ich niemanden enttäuschen, weder meine Kinder noch ihre kleinen Freunde, und mache halt weiter wie gewohnt.

Ich stoße einen unhörbaren Seufzer aus. Immer muss man selber feiern!

Dennoch habe ich alles rechtzeitig hinbekommen. In der

Küche köchelt ein großer Topf Chili sin Carne auf dem Herd, damit keiner hungrig nach Hause gehen muss. Zusätzlich stehen überall im Wohnzimmer kleine Schüsseln, die ich jeweils mit Plätzchen, Käsewürfeln, Karottensticks und veganen Cocktailwürstchen gefüllt habe. Es wird ordentlich zugelangt. Zweimal musste ich die Schüsseln schon nachfüllen, aber es sind ja auch eine Menge Gäste da.

Wie jedes Jahr ist Fiona mit ihren drei Jungs dabei. Noah, Matteo und Leon gehören ohnehin quasi zur Familie, so viel, wie wir gemeinsam unternehmen. Mit von der Partie ist außerdem Alisas Schulfreundin Natalie nebst ihrem Vater, einem verhuschten Biologen im ausgeleierten Jogginganzug. Des Weiteren Bennys Schulfreund Max, dessen Mutter hoffnungslos overdressed wirkt in ihrem schwarzen Etuikleid. Und schließlich der ominöse Daniel in Begleitung seiner Mutter.

Die beiden fallen ziemlich auf. Mit ihrem bodenlangen wollweißen Gewand und ihrer roten Lockenmähne gibt Maria Magdalena den alternativen Rauschengel, während Daniel, ein kräftiger Junge mit hochroten Backen, sein Aufmerksamkeitsdefizithyperaktivitätssyndrom ungebremst auslebt. Zwei Gläser sind schon zu Bruch gegangen, den Toilettensitz hat er mit Schokolade beschmiert, auf dem Küchenboden war er mit meinem Chili sin Carne kreativ.

Früher nannte man so was rücksichtslos. Heute ist es halt ADHS.

Wobei mir diese Diagnose etwas voreilig zu sein scheint. Daniel provoziert ganz bewusst, das sehe ich doch. Jedes Mal, wenn er sich danebenbenimmt, grinst er mich herausfordernd an. Vielleicht hat er ja kein Aufmerksamkeitsdefizit, sondern will einfach *mehr Aufmerksamkeit.* Zu Hause scheint er permanent im Mittelpunkt zu stehen, hier ist er ein Kind unter vielen. Also stellt er dauernd etwas komplett Blödsinniges an, und schon sind alle Augen auf ihn gerichtet.

Es gibt angenehmere Gäste. Doch diese Einladung musste sein, weil ich Maria Magdalena mental darauf vorbereiten möchte, Weihnachten bei uns zu verbringen. Die Nikolausparty soll ein Vorgeschmack sein, wie gut es sich anfühlen wird, mit uns zu feiern. Ein Plan, der bis jetzt recht gut funktioniert. Wenn nur Nick nicht wäre.

Schon beim alkoholfreien Begrüßungspunsch, als er sich noch ohne Verkleidung unter die Gäste gemischt hatte, fiel er unangenehm auf. Vermutlich legte er es nicht drauf an, als frustrierte Dumpfbacke rüberzukommen, kriegte es aber ziemlich gut hin. Dauernd riss er Witze, die jeder Hobbypsychologe als passive Aggression klassifiziert hätte: Was essen Veganer zu Weihnachten? Haha, die Tannenbäume! Oder: Warum nehmen Veganer im Winter extrem zu? Weil ihr Lieblingsgemüse die Marzipankartoffel ist! Ganz zu schweigen von dem müden Scherz: Dürfen Veganer an Weihnachten eigentlich Prosecc-ho-ho-ho?

Zum ersten Mal konnte ich nicht über seine Witze lachen. Wie auch. Sie waren weder lustig, noch waren sie lustig gemeint.

Nick steht völlig neben sich. Seiner Meinung nach hat er mich in flagranti ertappt, verweigert jedoch jedes Gespräch darüber. Sobald ich das Thema anschneide, um ihm zu erklären, dass nichts, aber auch gar nichts Anstößiges passiert ist, stellt er sich taub. Ich habe gar keine Worte dafür, wie unmöglich ich sein bockiges Gehabe finde. Es ist enttäuschend und macht mich irgendwie auch traurig.

Das ist doch nicht der Nick, den ich kenne. Oder es ist halt ein Nick, den ich *noch* nicht kenne – und lieber nicht kennengelernt hätte. Kaum gibt's ein Problem, zack, macht er dicht. Statt mit mir darüber zu reden, lässt er seinen Frust lieber an völlig Unbeteiligten aus.

Liebe ist das Größte überhaupt. Aber was nützt das schon, wenn sie nicht krisenfest ist? Eine gute Beziehung, so viel habe ich durch eigene leidvolle Erfahrungen gelernt, heißt ja nicht, dass es keine Probleme gibt, sondern wie man mit den Problemen umgeht. Im Idealfall wächst man daran. Im schlechtesten Fall führt man sich auf wie Nick. Ganz ehrlich: Wenn er so weitermacht, halte ich für möglich, dass er nicht der letzte Mann in meinem Leben bleiben wird.

Ein erschreckender Gedanke. Gleichwohl habe ich bereits eine Liste angelegt, welche Eigenschaften ein Mann vorweisen muss, um sich als Lebensgefährte zu qualifizieren. Eine Checkliste. Oder Wunschliste, je nachdem.

Neben Selbstverständlichkeiten wie Loyalität, Hilfsbereitschaft, sprühendem Humor und knisternder Erotik halte ich inzwischen völlige Elternlosigkeit für hilfreich – und natürlich die uneingeschränkte Begeisterungsfähigkeit für alles, was mit Weihnachten zu tun hat. Ich habe es den Dezember-Test getauft. Wer ihn mit Bravour besteht, kann sich Hoffnungen auf traute Zweisamkeit machen.

Auch »reden« steht auf meiner Liste. Reden wie: drüber reden, egal, wie übel das Problem ist.

Aber Nick? Steigert sich in seine gereizte Laune rein, die er gleichmäßig über unsere Gäste verteilt. Seine bevorzugte Zielscheibe zu Beginn der Party war – tädäää – Daniels Mutter. Bei ihr hat er sich selbst übertroffen. Auftrumpfend erzählte er der völlig entgeisterten Maria Magdalena, ihre biblische Namensvetterin habe es faustdick hinter den Ohren gehabt. Untreue, mehr müsse er wohl nicht sagen. Dabei warf er mir einen wütenden Seitenblick zu.

Nach dieser doppelten Unsäglichkeit hat es mich eine volle halbe Stunde gekostet, Daniels Mutter vom Verlassen der Party abzuhalten.

Ungeachtet solcher Kalamitäten wird die Stimmung im Wohnzimmer immer ausgelassener. Die Erwachsenen haben inzwischen meinen Glühwein entdeckt, der den Vorweihnachtsstress ruhigstellt und die Zunge lockert. Auch die Kinder haben Spaß. Meine Weihnachtsplaylist ist gerade beim fetzigen »Santa Claus is Coming to Town« angelangt, einige Kinder singen mit, andere hüpfen im Takt dazu. Maria Magdalena hingegen missfällt es, dass immer mehr englischsprachige Songs die schönen deutschen Weihnachtslieder verdrängen.

»Keine Sorge, am Heiligabend wird bei uns nur Traditionelles gesungen«, verspreche ich, um sie sanft auf meine Einladung vorzubereiten. »Wir machen es uns auf die gute altmodische Weise gemütlich.«

»Wir auch.« Mit beiden Händen ordnet sie ihre roten Locken. »Benny wird sich sehr wohl bei uns fühlen.«

Ah. Das ist *die* Gelegenheit.

»Apropos Benny«, will ich ansetzen, doch Maria Magdalena legt mir eine Hand auf den Unterarm und zeigt auf Nick, der sich über den Jutesack gebeugt hat und darin herumwühlt. »Warte. Es geht los mit der Bescherung.«

»Gibt es hier einen Max?«, fragt Nick in die Runde und hält ein rot verschnürtes Päckchen hoch.

»Ich!«, piepst Bennys Freund, ein schmächtiges Kerlchen im blau-weiß geringelten Pullover.

»Dann wollen wir mal sehen, ob du brav warst.«

Quiekend hält sich Max die gespreizten Fingerchen vor die Augen. Nicht etwa aus Angst. In Zeiten des Internets sinkt das Alter, in dem Kinder an Weihnachtsmänner und Osterhasen glauben, rapide ab. Es ist nur noch ein Jux, ein bisschen Furcht zu mimen.

Auch Benny wurde übrigens heute Morgen über die Nichtexistenz rotgewandeter Herren in Rentierschlitten aufgeklärt. Von Daniel. Fand ich ganz schön gemein. Benny wirkte eher erleichtert. Schließlich hat er bereits die Erfahrung gemacht, dass auf den Weihnachtsmann nicht unbedingt Verlass ist; auf seine Mami schon.

Das heißt, ich habe meinen Teil erledigt. Der Paketbote nicht.

Den ganzen Tag über habe ich darauf gelauert, wann endlich meine Bestellungen eintreffen. Sogar meine Mittagspause habe ich im Kosmetikstudio verbracht, um nur ja vor Ort zu sein, wenn die kostbaren Geschenke geliefert werden. Nichts geschah. Kein Paketbote. Keine Pakete. Nix und niente. Als ich am späten Nachmittag den Salon abschloss, habe ich schweren Herzens einen Zettel an die Eingangstür geklebt: *Die Lieferung bitte bei Tremper abgeben, 2. Stock links.* Seitdem rase ich bei jedem Klingeln zur Tür, um Nick und eventuellen unbequemen Fragen zuvorzukommen.

»Wow, ein Videospiel!«, juchzt Max, der inzwischen das Geschenkpapier aufgerissen hat und eine kleine bunte Box hochhält.

Alle Kinder schauen gebannt hin, alle Erwachsenen durchbohren seine Mutter mit empörten Blicken. Wir haben vereinbart, dass die Eltern ein Geschenk mitbringen, den Namen ihres Kindes draufschreiben und das Päckchen zu Beginn der Party unauffällig im Nikolaussack deponieren. Desgleichen wurde, wie auch bei Wichtelpartys, vereinbart, nur Süßigkeiten und allenfalls ein kleines Spielzeug zu verschenken. Sonst gibt's nur Streit und Tränen.

»Sehr unsensibel, sehr unachtsam«, kommentiert Maria Magdalena den Regelverstoß von Max' Mutter. »So was würde ich niemals tun. Ich habe Daniel selbstgestrickte Pulswärmer ins Päckchen gelegt.«

Na, da wird er sich aber freuen. Kinder hassen es, wenn sie etwas bekommen, was auch nur entfernt nach Klamotte aussieht. Noch mehr hassen sie es, wenn es etwas Selbstgemachtes ist, für das sie in der Schule gehänselt werden. Sehr wahrscheinlich wird Daniel die Pulswärmer gleich morgen früh »verlieren«.

»Jetzt ist …«, Nick kneift ein Auge zu, als müsste er die Schrift auf dem Präsent entziffern, »Alisa dran.«

»Ist doch Scheiße!«, krakeelt Daniel. »Ich will zuerst!«

»Nein, immer der Reihe nach«, wird er von Nick zurechtgewiesen. »Alisa?«

»Wie schön, dass du an mich gedacht hast«, bedankt sie sich artig und zupft ihr dunkelgrünes Samtkleid glatt, das sie zur Feier des Tages trägt. »Ich habe dir auch was mitgebracht.«

Nick wirkt ehrlich überrascht, soweit man das durch seine Maskerade hindurch beurteilen kann. Fahrig streicht er sich den langen weißen Wattebart.

»Mir?«

Alisa setzt ein Lächeln auf, das ich schon an ihr kenne. Es ist das Lächeln einer achtjährigen Durchblickerin, die weiß, dass sie von Erwachsenen entweder unterschätzt oder für einen furchterregenden Alien gehalten wird.

»Nach altem Brauch sage ich ein Gedicht auf, bevor ich mein Geschenk in Empfang nehme.«

Nick, dem mittlerweile klar sein dürfte, dass Alisa ihre ganz eigene Sicht auf unsere Beziehung hat, ruckelt an seiner roten Nikolausmütze herum.

»Mach's bitte kurz, ja? Die anderen Kinder wollen auch noch drankommen.«

Mit solchen Ermahnungen beißt er bei Alisa auf Granit.

»Ich werde ein etwas ungewöhnliches Weihnachtsgedicht vortragen«, lässt sie ihr Publikum wissen. »Eines mit aktuellem Bezug.«

»Hört, hört!«, ruft der Biologe im Jogginganzug. »Experimentelle Lyrik! Find ich Klasse!«

»Gedichte sind Scheiße«, mault Daniel, der damit beschäftigt ist, das Einwickelpapier von Max' Geschenk in winzige Fetzen zu reißen.

Alisa lächelt fein. Ohne Nick aus den Augen zu lassen, stellt sie sich ganz gerade hin.

»Leise rieselt der Schnee
auf die Herzen, o weh.
Weihnachtlich glänzet der Wald,
doch in den Herzen ist's kalt.
Liebes Christkind – ich bitt'
bring die Liebe uns mit.
Und auch ganz viel Harmonie,
dann wird's schön wie noch nie.«

Mir klappt die Kinnlade runter. Nick ebenfalls. Wir tauschen einen Blick. Auch zwischen den anderen Erwachsenen fliegen Blicke hin und her, die ich mal als besorgt interpretieren würde. Nur Maria Magdalena ist begeistert.

»So feinsinnig, so gefühlvoll, so melancholisch schön«, ergeht sie sich in einer Lobeshymne. »Von wem ist das, Alisa?«

»Von mir«, antwortet sie schlicht. »Und jetzt hätte ich gern mein Nikolausgeschenk.«

Wortlos überreicht Nick ihr das Gewünschte. Alle recken die Hälse, als Alisa mit Bedacht die rote Schleife löst und das Papier entfernt.

»Ein Fremdwörterlexikon. Mega.«

Die anderen Kinder ziehen lange Gesichter. Nachdem Max ein teures Videospiel eingesackt hatte, waren die Erwartungen himmelhoch. Umso größer ist jetzt die Angst, sie könnten ebenfalls ein Buch bekommen. Traurig, aber wahr: Bücher sind nicht gerade der Hit unter den Nikolauspräsenten. Außer natürlich bei Kindern wie Alisa.

»Ich lese was vor«, kündigt sie an und blättert auch schon in dem Lexikon. »Weiß jemand, was Disphorie ist?«

»Den Scheiß will doch keiner wissen, Kackbratze«, ruft Daniel hämisch dazwischen.

Netter Junge. So richtig zum Liebhaben. Vielleicht sollte ich mein inklusives Weihnachtskonzept noch mal überdenken.

»Negative Verfassung, Gereiztheit, Wut«, liest Alisa vor. »Dies ist auch interessant: Cherophobie, die Angst vor dem Glücklichsein. Und hier Symporophilie: Erregung beim Betrachten eines Unfalls.«

»Hast du mal über eine Therapie nachgedacht?«, flüstert mir Maria Magdalena zu. »Sie ist schon ein bisschen, also …«

»Begabt, ja«, kürze ich die Diagnose ab. »Entschuldige mich bitte, ich schau mal nach dem Chili.«

Fluchtartig wechsele ich in die Küche, wo ich mir erst mal einen Glühwein genehmige und dann die letzten Reste von Daniels kreativer Chili-sin-Carne-Sauerei aufwische. Anschließend checke ich meinen Account auf der Website des Onlineversands.

Ihre Bestellung wurde geliefert, steht da. Wie kann das sein?

Sofort renne ich in den Flur und öffne die Eingangstür, um im Treppenhaus nachzusehen. Nichts. Danach poltere ich die Treppen runter und laufe zu meinem Kosmetikstudio. Vielleicht hat der Bote ja meinen Zettel übersehen und die Pakete einfach dort vor die Tür gestellt? Doch außer einem frischen Hundehaufen kann ich nichts entdecken.

Ihre Bestellung wurde geliefert. Wie Schneeflocken tanzen die Buchstaben vor meinen Augen.

Welche Möglichkeiten gibt es noch? Wurden die Pakete gestohlen? Oder bei irgendeinem Nachbarn abgegeben? Mein Herz klopft bis zum Hals, als ich ins Haus zurückgehe und danach Wohnung für Wohnung abklappere. Die gute Nachricht ist: Alle Nachbarn sind daheim. Die schlechte: Keiner will etwas gesehen oder gehört haben. Wo sind die Pakete?

»Wie siehst du denn aus?«, fragt Fiona, als ich verschwitzt und außer Atem in die Küche zurückkehre, wo sie sich gerade einen Nachschlag vom Chili genehmigt.

»Die Geschenke«, keuche ich. »Sie sind weg.«

»Wie – weg? Bis jetzt hat doch jedes Kind eins bekommen.«

»Ich meine nicht die Nikolausgeschenke.« Entkräftet sinke ich auf einen Küchenstuhl. »Frau von Oldenburg hat mir, also, wo soll ich anfangen, wo aufhören, ich bin völlig durch, plötzlich war da dieser Geldsegen … Jedenfalls habe ich eine Playstation für Benny und ein Smartphone für Alisa bestellt.«

»Donnerwetter«, staunt Fiona. »Hab zwar kein Wort verstanden, außer Playstation und Smartphone, aber könnte es nicht sein, dass die Pakete morgen kommen?«

»Hier«, mit zitternden Händen hole ich mein Handy heraus und zeige Fiona den Account. »Sieh selbst. Die Pakete wurden geliefert.«

»Nachbarn?«, fragt Fiona knapp.

»Schon gecheckt. Keiner hat etwas für mich angenommen.«

»Kriminelle Nachbarn?«

Ach, du Schreck. Auf die Idee bin ich gar nicht gekommen.

Aber wer hier im Haus würde lange Finger machen? Mirko, der feierfreudige Student im Souterrain? Die Familie mit dem sehr hörbaren Baby über uns? Die alte Frau Seesemann aus dem ersten Stock, die ihrer Pudeldame Piffy fürs Gassigehen ein Samtcape umlegt, bevor sie ihre beeindruckend voluminösen Haufen vor mein Kosmetikstudio setzt?

»Ich habe keinen Schimmer«, erkläre ich achselzuckend. »Eigentlich traue ich das keinem hier im Haus zu.«

»Dann trau meiner Menschenkenntnis.« Fiona stellt ihren abgegessenen Teller in die Spüle und reibt sich unternehmungslustig die Hände. »Ich mach noch mal die Runde und fühle jedem Einzelnen auf den Zahn.«

Schwer atmend stimme ich zu. Vielleicht hat sie ja tatsächlich die bessere Intuition.

Während Fiona zu ihrer detektivischen Recherche aufbricht, gehe ich wieder ins Wohnzimmer. Dort ist inzwischen ein Stadium erreicht, das man nur als mixed emotions bezeichnen kann. Die meisten Kinder rennen aufgekratzt mit ihren Geschenken herum, zwei heulen, weil der Nikolaus nicht das Richtige gebracht hat. Am lautesten Daniel, der gerade versucht, seine Pulswärmer über einer Kerze abzufackeln.

Dazwischen stehen die Eltern und debattieren leidenschaftlich darüber, ob es im Sinne der Gendergerechtigkeit nicht auch Nikolausinnen oder, besser noch, ausschließlich genderneutrale Nikomenschen geben sollte.

Nick ist verschwunden. Spurlos. So wie die Pakete.

Leise schließe ich die Wohnzimmertür und schleiche mich ins Schlafzimmer. Ich muss mal kurz durchatmen. Nachdenken. In mich gehen. Dabei fällt mein Blick auf Nicks Schlaf-T-Shirt. Ich kann nicht anders, als danach zu greifen und mein Gesicht hineinzupressen. Es riecht so gut. Nach Nick. Und immer noch nach Liebe.

Ach, Nick. Du hast doch gar keinen Grund, eifersüchtig zu sein. Warum bist du's dann? Hast du etwa Angst, mich zu verlieren?

Irgendwo habe ich den Satz gelesen: Wenn man sich seinen Ängsten nicht stellt, werden sie zu Grenzen. Gar nicht mal so doof. Aber wie kriege ich Nick bloß dazu, mit mir über seine Ängste zu reden, um die Grenzen zwischen uns zu überwinden? Und wo, verdammt, sind die Pakete?

Kapitel 8
LAST CHRISTMAS

Wir basteln mit Fimo. Auch so eine Vorweihnachtstradition. Heute sollen kleine Zuckerstangen entstehen, die mit roten und weißen Streifen bemalt werden, um sie Weihnachten als Baumbehang einzusetzen. Alle fünf Kinder hocken an Fionas Küchentresen: Alisa, Benny, Noah, Matteo und Leon. Hingebungsvoll formen sie die Fimomasse zu wurstartigen Gebilden und kneten am oberen Ende den typischen runden Knick hinein.

»Toll macht ihr das«, sagt Fiona, die einen Teller Cupcakes auf den Tresen stellt, ihre berühmten veganen Bananen-Cupcakes mit Schokoguss. »Wer möchte Kakao?«

Fünf Arme fliegen in die Luft.

»Warte, lass dir helfen, Fiona.«

Da ich mich in ihrer Küche bestens auskenne – es ist eine rustikal-edle Landhausküche mit goldfarbenen Armaturen, auch so ein Relikt aus besseren Zeiten –, erwische ich auf Anhieb den richtigen Hängeschrank und hole fünf dickwandige orange Tassen heraus. Damit hat es eine besondere Bewandtnis: Laut Alisas unendlichem Wissenskosmos schmeckt Kakao aus orangefarbenen Tassen am besten. Wir haben sie deshalb im letzten Jahr allen engen Freunden zu Weihnachten geschenkt.

»Und, Nele?«, fragt Fiona, die einen Topf auf den Herd stellt und Milch hineingießt, »irgendwelche Neuigkeiten in Sachen Pakete und Transport?«

Das war eigentlich verklausuliert genug für Kinderohren, doch Alisa hebt neugierig den Kopf.

»Was für Pakete?«

Während ich die Tassen auf dem Küchentresen verteile, überlege ich fieberhaft, wie ich mich aus der Affäre ziehen könnte, ohne die Unwahrheit zu sagen. Ach ja. Ganz einfach.

»Mami muss bis zum dritten Advent vierzig Tiegel ... das heißt, *ich* muss vierzig Tiegel Nachtcreme für eine Kundin herstellen. Sie will die Cremes zu Weihnachten verschenken. Und für solche Mengen brauche ich natürlich eine Extralieferung Zutaten.«

»Verstehe.« Alisa lächelt amüsiert. »Schön, dass du das Wort *ich* verwendest, Mum.«

»Heute ist doch der Tag des Mitdenkens, oder?«, flachse ich. »Da ich ihn im Gegensatz zur dir so selten feiern kann, habe ich meine Chance genutzt.«

»Wie wär's denn mit Prosecco für die Mamis?«, erkundigt sich Fiona, wobei sie die *Mamis* extra betont. »Oder sollte ich sagen: Wie wär's mit Prosecc-ho-ho-ho?«

Heiliger Bimbam. Nick hat sich gestern wirklich einen Klopper nach dem anderen geleistet. Geredet haben wir immer noch nicht. Als er spätnachts von seinem Kumpelsabend nach Hause kam, schlief ich längst. Heute Morgen ist er schon in aller Frühe losgezogen, sodass ich ihn nicht mal zu Gesicht bekommen habe.

»Gern einen Spumante, Fiona.« Ich unterdrücke ein Gähnen. »Zum Runterkommen. War ein langer Tag.«

Ja, heute ging es zu wie im Taubenschlag. Selbst auf meine Mittagspause habe ich verzichtet, weil mich eine Stammkundin geradezu anflehte, ihr noch eine schnelle Maniküre zu verpassen. Sie habe ein Date. Ein First Date. Mit so was kann man mein Herz immer erweichen. Auch Frau Seesemann, meine Nachbarin mit dem Pudel, war im Salon. Sie hat eine so beschämend winzige Rente, dass ich sie immer für einen eher symbolischen Preis behandle. Nur ihr Pudel hat keinen Zutritt mehr. Piffy ist zwar stubenrein, hat aber einmal während der Behandlung unbemerkt meine beste Kuscheldecke zerkaut.

Frau Seesemann beteuerte nochmals, sie habe nie ein Paket gesehen, geschweige denn zwei. Es sei ihr ein Rätsel, was da passiert sein könnte. Ansonsten habe ich mir von den Kundinnen wieder viele Klagen über den leidigen Weihnachtsstress anhören müssen. Fast jede ist am Limit. Und fast jede hat den Eindruck, dass sich die Ansprüche von Jahr zu Jahr höherschrauben: noch raffinierteres Essen, noch spektakulärere Geschenke, noch mehr Aufwand.

Genug ist nie genug. Manchmal frage ich mich, wer die Vorweihnachtszeit überhaupt noch genießt.

Doch, es gibt da jemanden. Heute hat er mich mit WhatsApps überschüttet. Wie untröstlich er sei. Dass er dieses furchtbare Missverständnis von Herzen bedauere. Ob er es denn irgendwie wiedergutmachen könne? Vielleicht bei Glühwein und gebrannten Mandeln auf dem Weihnachtsmarkt?

Ich weiß nicht so recht, was ich davon halten soll. Am besten gar nichts. Einmal habe ich mir die Finger verbrannt, ein zweites Mal wäre pure Dämlichkeit. Louis Riedel wird aus meinem Leben gestrichen.

»So, alle versorgt, alle happy«, stellt Fiona fest, als sie den Kids Kakao eingegossen hat und einen Prosecco aus dem Kühlschrank holt. Mit einem fröhlichen Plopp entweicht der Korken. »Gehen wir rüber ins Wohnzimmer?«

Mamisprech. Gleichbedeutend mit: Wird Zeit, dass wir ungestört reden.

Fiona füllt zwei Gläser. Dann durchqueren wir im Gänsemarsch das selten genutzte Esszimmer und gehen weiter zum Wohnbereich. Seit Paul ausgezogen ist, hat sich hier einiges verändert. Vorher wirkte der Raum edel unterkühlt, mit perlgrauen Couchen, beige-grau gebeizten Einbauschränken und einem Teppichboden von der Farbe nassen Betons. Jetzt erkennt man sofort die weibliche Handschrift. Auf den Couchen tummeln sich bunte Kissen, der mausegraue Teppichboden wird von Kelims in zarten Lila- und Rosétönen überdeckt, an die Wände hat Fiona farbenfrohe Kunstwerke ihrer Kinder gehängt.

Auch die weihnachtliche Dekoration fällt in diesem Jahr üppiger aus als früher. Über die Fensterbänke ziehen sich Tannengirlanden mit roten Schleifen, den Couchtisch schmückt ein riesiger Adventskranz in Rot, Grün und Kobaltblau, neben dem Fernseher steht ein filigranes Reh aus Hunderten kleiner Lämpchen. Hinzu kommen Kerzen über Kerzen, die Fiona jetzt entzündet. Sie ist eben eine Seelenverwandte.

»Salute«, prostet sie mir zu, als wir uns auf die Couchen fallen lassen. »Auf die Männer, die wir lieben, und die Pfosten, die wir kriegen. Apropos. Hat sich Nick wieder eingekriegt?«

Seufzend trinke ich einen Schluck Prosecco.

»Nach wie vor die volle Kommunikationsverweigerung. Nick zieht's durch. Aber so was von hammerhart. Ich hab schon überlegt, ob ich ihm einen Brief schreiben soll. So ganz altmodisch. Handschriftlich.«

»Kleb doch noch Herzchen drauf«, spottet Fiona. »Im Ernst, glaubst du, er wäre für einen Brief empfänglich?«

Langsam weiß ich nicht mehr, was ich glauben soll. Wo ist der Nick, den ich so sehr liebe, dass ich unbedingt mit ihm zusammenziehen wollte? Dieser wundervolle Mann, mit dem ich immer im Gleichklang war?

Es gab so vieles, was für eine harmonische Beziehung sprach. Zum Beispiel diese Blickwechsel ohne Worte, bei denen wir immer genau wussten, was der andere dachte und fühlte. Oder unser Humor. Als Nick damals die quietschende Motorhaube meines uralten Wagens öffnete, sagte er: »Wow, das Geräusch hätte ich gern als Klingelton.« Darüber haben wir noch Wochen später gelacht. Bei unserem ersten Date wusste er dann intuitiv, dass ich am liebsten Latte macchiato trinke. Auch die offene Art, mit der er auf Alisa und Benny zuging, sprach für ihn. Und so viel mehr. Doch nun ist Weihnachten zum Brandbeschleuniger für unsere junge Beziehung geworden.

Ermattet lege ich meinen Kopf ans Polster und schließe die Augen. Auch bei Fiona läuft natürlich Weihnachtsmusik, und passend zu meiner verzagten Stimmung schmachtet sich George Michael gerade durch »Last Christmas«, den Klassiker aller Klassiker. Wehmut presst meinen Brustkorb zusammen. Ich kann ja nicht mal von Last Christmas sprechen, weil Nick und ich noch nie ein gemeinsames Weihnachten hatten. Doch der Rest des Textes passt durchaus, zumindest wenn man ihn leicht verändert: »Next year to save me from tears …« Nächstes Jahr werde ich mein Herz jemand anderem schenken, um nicht wieder weinen zu müssen.

Will ich das? Nein, nein, nein! Aber so weitermachen wie jetzt kann ich auch nicht.

»Träumst du, oder schläfst du, Nele?«

»Entschuldige.« Träge öffne ich die Augen und blinzle in das Lichtermeer der Kerzen. »Wo waren wir noch stehengeblieben?«

»Rate mal. Wir reden doch in Dauerschleife über Nick.«

Mit aller Willenskraft richte ich mich auf und ziehe die Beine unter den Po.

»Er wirkt wesensverändert, Fiona. Wie ferngesteuert.«

»Ich ahne, wer ihn steuert.« Geistesabwesend beobachtet Fiona die kleinen Bläschen in ihrem Proseccoglas. »Bei Paul und mir war es dasselbe. Dauernd funkte seine Mutter dazwischen.«

»Stell dir vor, heute Morgen hat Gabriele schon wieder angerufen«, stöhne ich auf. »Eigentlich wollte ich ja gar nicht mehr rangehen. Doch dann habe ich überlegt, dass ich vielleicht etwas über Nicks seltsames Verhalten rausbekomme.«

»Und?«

»Seine Mutter hat mich doch tatsächlich gefragt, was ich Weihnachten anzuziehen gedenke. Ich solle mich unbedingt weiblicher kleiden. Meine Vorliebe für Jeans und Sweatshirts sei ein Indiz für verspätete Jugendlichkeit, weshalb …«

»Moment, Moment«, werde ich von Fiona gestoppt, die sich fast an ihrem Prosecco verschluckt. »*Verspätete Jugendlichkeit?* Hat sie das wirklich gesagt?«

In einer Aufwallung tiefster Erbitterung verpasse ich dem bunten Kissen neben mir einen Handkantenschlag. Was ich sofort bereue und das Kissen behutsam wieder glatt streiche. Kann ja nichts dafür, das arme Ding.

»Es geht noch weiter. Ihr Weihnachtsgeschenk ist ein Klamottengutschein, den ich vorzeitig einlösen darf. Unter ihrer Aufsicht. Gabriele spricht von einem Umstyling.«

Fiona fängt an zu lachen.

»Betreutes Shoppen, krass. Schwebt ihr was Bestimmtes vor?«

»Wie gesagt, mehr Weiblichkeit, oder was sie halt darunter versteht: enge Röcke, süße Blusen und für Weihnachten ein kurzes Partykleidchen mit Lurex und Pailletten.«

»Geh doch gleich als Weihnachtsbaum«, gluckst Fiona.

Augenrollend nehme ich noch einen Schluck Prosecco.

»Ein Umstyling, Herrgott im Himmel! Am liebsten hätte ich gesagt: Liebe Gabriele, ich habe heute leider kein Foto für dich, wünsche dir aber alles erdenklich Gute für deinen weiteren Lebensweg.«

»Ich glaub, ich brauch jetzt Kekse«, ächzt Fiona.

Während sie aufsteht und eine Keksdose aus dem Wohnzimmerschrank holt, lausche ich gewohnheitsmäßig in Richtung Küche, ob alles in Ordnung ist. Scheint so. Die Kinder lachen, am quietschigsten mein Benny. Wahrscheinlich kringelt er sich über die skurrilen Wesen, die Matteo so gern aus Fimoteig knetet. Vampire zum Beispiel, Untote, Monster. Hach, einmal noch Kind sein …

»War das Telefonat denn wenigstens ergiebig in Bezug auf Nicks Verhaltensauffälligkeiten?«, holt mich Fiona kekskauend auf den schwankenden Boden der Realität zurück.

Darüber muss ich erst mal nachdenken. Versonnen stelle ich mein Glas auf den Couchtisch und betrachte eines der kindlichen Kunstwerke an der Wand. Es zeigt eine Familie unter einem knallbunten Regenbogen: Mama, Papa und drei Kinder. Der Papa respektive Paul ist ganz klein gemalt. Und wieder mal kommt mir in den Sinn, was ich schon öfter gedacht habe: Männer kommen und gehen, Kinder sind für immer.

»Indirekt war's schon aufschlussreich mit Nicks Mutter«, antworte ich nach einer Weile. »Kommunikation, die den Namen verdient, scheint in dieser Familie ein Fremdwort zu sein. Gabriele machte sofort dicht, als ich ihr sagte, dass ich keinerlei Interesse an ihrem textilen Upgrade habe.«

»Hm.« Auch Fiona bettet ihren Kopf jetzt an das weiche Polster. Neben ihr auf der Couch steht die offene Keksdose, aus der sie sich großzügig bedient. »Sofern du nicht kurzen Prozess mit Nick machen willst, wird das ein Langzeitprojekt. Kümmern wir uns doch erst mal um die Gegenwart. Was ist mit den Paketen?«

»Wie vom Erdboden verschluckt.«

»Dann sollten wir einschreiten.«

»Wir?«

»Na, unser Triumvirat.« Fiona schaut auf ihre Armbanduhr. »Hermine hat heute die Physiotherapeutin ihrer Mutter im Haus. Die bleibt extra etwas länger, um Hermine den Rücken freizuhalten. Unsere Freundin müsste jeden Moment hier sein. Dann entwerfen wir einen Plan.«

Wie aufs Stichwort klingelt es an der Tür. Da die Kinder strengstens angehalten sind, aus Sicherheitsgründen niemandem, aber auch wirklich niemandem zu öffnen, läuft Fiona hinaus, um Hermine in Empfang zu nehmen. Als die beiden Arm in Arm ins Wohnzimmer kommen, ist auch ein drittes Glas dabei. Gefüllt.

Sie sind ein ungleiches Paar, wie ich mal wieder feststelle. Fiona sieht immer noch sehr nach Gattin aus mit ihrem beigefarbenen Freizeitanzug und dem exakt geföhnten Blondhaar. Hermine sieht – na ja, eben wie Hermine aus. Unverwechselbar die hochgewachsene Gestalt, das schmale, etwas hagere Gesicht, der graue Haarknoten. Ich kenne auch keine andere Frau, die wadenlange Kleider in gedeckten Farben wie Taubenblau, Ockerbraun oder Seladongrün trägt. Stellt man mich noch dazu, in Jeans, Sneakers und hellrosa Hoodie, ist die mentale Provokation perfekt.

Nein, rein optisch passen wir gar nicht zusammen. Aber mit allem, was uns ausmacht, Kopf, Herz, Gefühl, sind wir ein Dreamteam.

»Auf uns«, bringt Fiona einen Toast aus. »Wahrscheinlich ist es schwieriger, beste Freundinnen wie euch zu finden als die Liebe des Lebens.«

Es hat was Feierliches. Unwillkürlich stehe ich auf und merke, wie sich ein Tränchen in mein Auge stiehlt. Das letzte Jahr hat uns zusammengeschweißt, uns so viel Kostbares geschenkt. Rückhaltloses Vertrauen. Unverbrüchliche Solidarität. Wir gegen den Rest der Welt.

Wobei ich hinzufügen muss, dass ich keinem raten würde, sich mit meinen beiden Freundinnen anzulegen. Ich selbst halte mich ja schon für einigermaßen couragiert, doch Fiona und Hermine stellen mich bei Weitem in den Schatten. Woher sie die Unerschrockenheit nehmen, auch mal unkonventionelle Wege am Rande der Gesetze zu beschreiten, ich weiß es nicht. Aber es ist sehr, sehr inspirierend.

»Nele.« Hermine umarmt mich so herzlich zur Begrüßung, dass mir kurz die Luft wegbleibt. »Fiona hat mir schon von deinem Paketdesaster erzählt.«

»Und es geht ja nicht um irgendwelche Pakete.« Mit einem Stoßseufzer lasse ich mich wieder auf die Couch sinken und lege mir eins der bunten Kissen auf den Bauch. »Noch nie habe ich so was Teures bestellt – jetzt ist es einfach weg.«

»Nicht weg, nur nicht da, wo es hingehört«, werde ich von

Fiona korrigiert. »Die Nachbarn fallen als Diebe aus. Ich habe sie gestern auf Herz und Nieren geprüft, ohne Ergebnis. Hast du schon beim Kundenservice des Onlineversands nachgefragt, Nele?«

»Habe ich. Da konnte man mir auch nicht helfen. Vom Einpacken über den Versand bis zur Auslieferung ist das entsprechende Protokoll lückenlos.«

»Lü-cken-los«, wiederholt Hermine langsam und bedächtig. »Da setzen wir an.«

Weder Fiona noch ich kapieren, was sie meint. Das sieht man offenbar auch.

»Wir müssen nach der Lücke suchen«, erläutert Hermine ihre Idee. »Logisch gedacht, gibt es zwei Optionen. Erstens die Lücke zwischen Ablieferung und Entgegennahme der Pakete. Die werden ja oft einfach irgendwo hingeschmissen, zum Beispiel vor die Tür. Doch da ist noch eine zweite Lücke: zwischen Paketbote und Lieferung.«

Ich grübele noch darüber nach, was das genau bedeuten könnte, als Fiona aufgeregt mit den Fingern schnippt.

»Du meinst, der Paketbote könnte seine eigene Lücke sein?«

»Die er genutzt hat, um sich die Ware unter den Nagel zu reißen, ja.«

Herrschaftszeiten. Darauf wäre ich nie gekommen. Paketboten sind für mich vertrauenswürdig, von vornherein, so wie Schaffner, Krankenschwestern, Bankangestellte. Außerdem macht man ja nicht den Bock zum Gärtner, beziehungsweise den Gauner zum Auslieferer von Paketen, in denen sich womöglich Wertvolles befindet. Der Mann, der für unsere Gegend zuständig ist – auch schon für meine alte Wohnung – ist jedenfalls immer nett, immer freundlich. Seit Jahren bekommt er von mir zu Weihnachten eine Tüte mit selbstgebackenen Plätzchen.

»Ich kenne unseren Paketboten lange, dem kann man trauen«, fasse ich meine Überlegungen zusammen.

»Du vertraust also einem Mann, den du nur vom Sehen kennst, und mit dem du allenfalls Worte wie Hallo und Tschüss oder eine Bemerkung übers Wetter gewechselt hast?«, kontert Hermine. »Würdest du ihn auch vom Fleck weg als Babysitter für deine Kinder engagieren? Und dann tausend Euro Bargeld auf den Küchentisch liegen lassen?«

Eine fiese Frage. Leider eine richtige Frage.

»Natürlich nicht«, gebe ich kleinlaut zu.

»Weißt du etwas Näheres über ihn?«, will Fiona wissen, deren Keksdose sich stetig geleert hat, wie sie jetzt wohl selber merkt. »Sorry, möchte jemand ...?«

»Nein, danke«, lehne ich mit Rücksicht darauf ab, dass ich an Weihnachten noch in meine Lieblingsjeans passen möchte. Und garantiert nicht in ein Fähnchen von Lurexkleidchen. »Also, der Typ ist schätzungsweise Mitte fünfzig, schlank, fast schlaksig, sieht ganz gut aus und ist immer freundlich.«

»Diebe wären auch schön blöd, wenn sie unfreundlich auftreten würden«, merkt Fiona an.

»Solche Diebe können mir gestohlen bleiben«, kichert Hermine. Mit spitzen Fingern holt sie sich ein Schachbrettplätzchen aus Fionas Keksdose und lässt es auf der Zunge zergehen.

»Um Gewissheit zu haben, müssten wir den Paketboten beobachten.«

»Du meinst – beschatten?«, frage ich perplex.

»Anders geht's wohl nicht.« Hermine zuckt die Achseln. »Oder willst du deinen Lieblingscop damit beauftragen?«

Sehr witzig. Abgesehen davon, dass zwischen uns die Eiszeit ausgebrochen ist, weiß Nick ja nicht mal, dass ich superteure Geschenke für Alisa und Benny bestellt habe.

»Gut, schön, wir betätigen uns also als Hobbydetektivinnen«, resümiere ich Hermines Vorschlag. »Aber wann, bitte? Wir haben doch alle keine Zeit.«

»Die nehmen wir uns«, murmelt Fiona trotzig. »Für die nächsten drei Tage melde ich Homeoffice an. Ich muss sowieso die Buchhaltung auf Zack bringen. Das mache ich dann abends, wenn die Kinder im Bett sind.«

»Bei mir ist es schon etwas komplizierter.« Hermine faltet ihre schlanken Hände auf dem Schoß. »Ich arbeite grundsätzlich im Homeoffice und gebe Webinare, aber meine Mutter …« Sie hält inne, mit starrem Blick auf das Lichterreh. »Wartet mal. Die Physiotherapeutin, die seit Jahren zu uns kommt – eine echte Vertrauensperson, Nele, – sagte neulich, sie sucht was Festes. Ich könnte drei Probetage mit ihr vereinbaren. Ab morgen.«

Womit zwei Detektivinnen an Bord wären. Auffordernd schauen sie mich an.

Ich senke den Blick, weil gerade die ganzen Termine an mir vorbeirauschen, die ich absagen müsste. Plus das Geld, das mir entgeht. Plus die Enttäuschung meiner Kundinnen.

»An welches Zeitfenster habt ihr jeweils gedacht?«, frage ich etwas piepsig.

»Dir zuliebe könnten wir uns auf die Vormittage beschränken«, erwidert Hermine. »Sagen wir, zwischen acht und elf. Da ist der Transporter voll bis obenhin. Falls dieser Paketbote ein Experte für unkonventionelle Eigentumsübertragungen ist, wird er in diesen Stunden aktiv sein.«

Bevor ich antworte, zücke ich mein Handy und gehe in den Terminkalender. Normalerweise öffnet mein Kosmetikstudio um neun. Das wären dann pro Tag zwei Behandlungen, die ich absagen oder verlegen müsste. Vielleicht lassen sich die Kundinnen ja auch auf einen Abendtermin ein. Oder auf den Samstag. Und heißt es nicht, dass man am Unterschied von Zeit haben und Zeit nehmen erkennt, ob jemand mit dem Herzen dabei ist?

Ohnehin bin ich in Zugzwang, schließlich legen sich Fiona und Hermine für meinen Schlamassel mächtig ins Zeug.

»Bin dabei.«

»Sehr gut.« Hermine deutet einen Applaus an. »Habe ich nicht anders erwartet.«

»Wenn dieser Paketbote tatsächlich hinter dem Klau steht, muss er sich warm anziehen«, orakelt Fiona. »Diebstahl ist sowieso schon Gift fürs Karma, doch in dem Fall hat er auch noch uns drei an der Hacke. Und dann Gnade ihm Gott.«

Es wird eigentümlich still im Wohnzimmer. Doch kein Engel geht durch den Raum, sondern drei weibliche Teufelchen in höherer Mission schweben über unseren Köpfen.

»Was machst du denn nun mit Nick?«, bricht Fiona das

Schweigen. »Willst du ihm deinen Brief schreiben? Oder wenigstens eine Nachricht?«

»Weiß nicht. Die Situation ist so schrecklich verworren. Eine einzige Nachricht kann alles zerstören.«

Fiona wirft mir eine Kusshand zu.

»Keine aber auch.«

Kapitel 9
IHR KINDERLEIN KOMMET

Mir schwirrt der Kopf. Wenn das so weitergeht, wächst sich mein Multitasking zur multiplen Überforderung aus. Sofern diese Linie nicht längst überschritten ist.

Eigentlich habe ich ja ein sonniges Gemüt. Ich würde mich auch nie über das Pensum beklagen, das ich wie Millionen anderer Frauen täglich stemmen muss. Mann, Kinder, Haushalt, Job, Freunde, Bekannte, Freizeitaktivitäten – falsch, Freizeit ist nicht vorgesehen – und das alles auf einmal. Kein Problem. Doch in der Weihnachtszeit potenziert sich das Ganze. Bei mir eskaliert es gerade. Wenn ich bedenke, wie lang meine To-do-Liste inzwischen geworden ist, könnte ich schreiend im Kreis laufen.

Doch eins nach dem anderen. Erst mal muss ich diesen Tag überstehen.

Es ist ein kalter dunkler Morgen, garniert mit Müdigkeit und Schneegriesel. Todesmutig steuere ich Nicks Wagen über die eisglatten Straßen, die aus ökologischen Gründen nicht mehr mit wirklich effizienten Substanzen gestreut werden. Finde ich gut. Erfordert jedoch meine volle Konzentration, damit wir nicht im Straßengraben landen.

An solchen Tagen steht man am besten gar nicht erst auf. Aber nützt ja nichts, ich muss Alisa und Benny zur Schule bringen, wo heute ein Projekttag veranstaltet wird: Recycling & Upcycling. Ein hochtrabender Begriff dafür, dass die Kinder einen gefüllten Müllsack von zu Hause mitbringen müssen, aus dem dann alles Mögliche rausgefischt und als Christbaumschmuck wiederverwertet werden soll. Klingt eklig? Ist es auch. Wer will denn bitte eine olle Bananenschale zum Sternchen umfunktionieren? Oder ein Stück gebrauchter Küchenrolle, an dem noch Hackfleischreste hängen, in etwas Dekoratives verwandeln?

Eben. Deshalb mogeln die Eltern. *Alle.*

Auch ich habe bis spätnachts einen ansprechenden Inhalt für die verlangte Mülltüte zusammenkomponiert. Nach dem Motto: Ist das Müll, oder kann das weg? habe ich unbenutzte Tempotaschentücher zerknüllt, Zeitschriften gefaltet, nagelneue Briefumschläge angerissen, Trockenobst wie Apfelringe hinterhergeschmissen und vieles andere mehr, was Kinderhände unbeschadet berühren können.

Es ist Fake-Müll. Zu echtem Müll wird es erst, wenn Alisa und Benny heute Nachmittag nach Hause kommen und wir den ganzen upgecycelten Krempel einvernehmlich entsorgen.

»So, Kinder, wir sind da«, verkünde ich frohgemut, als ich einen Parkplatz in Schulnähe gefunden habe. »Ich helfe euch noch mit dem Sack.«

»Hast du auch keine Wertstoffe reingetan?«, fragt Alisa. »Wir haben nämlich gestern alles über Mülltrennung gelernt. Glasflaschen, Aluminiumdosen, Batterien und dergleichen gehören nicht in den Hausmüll.«

»Selbstverständlich, mein Engel.«

»Ich will aber nicht zu dem doofen Projekttag«, jammert Benny. »Ich habe ganz doll Bauchweh.«

»Im Grunde«, Alisa formt ihren Mund zu einem Schnütchen, wie ich im Rückspiegel sehe, »kann man Müll gar nicht trennen.«

»Wieso das denn?«

»Das Wort besteht nur aus einer Silbe.«

»Müll ist doch kein Silber«, interveniert Benny. »Mami, darf ich wieder ins Bett? Ich habe wirklich ganz, ganz doll Bauchweh.«

»Wir diskutieren jetzt nicht, wir gehen jetzt da rein«, beende ich das Gespräch.

Der Sack ist schwer. So schwer, dass ich ihn für Alisa und Benny in die Schulaula schleppen muss, den Schauplatz des Projekttags. In dem hohen knallorange gestrichenen Saal herrscht bereits emsiges Gewusel. Auf langen Tischen werden die mitgebrachten Schätze ausgebreitet, die gesamte Lehrerschaft läuft mit Gummihandschuhen herum und überprüft den Inhalt der Mülltüten auf Unbedenklichkeit. Damit auch der begriffsstutzigste Dösi merkt, worum es geht, hat man quer durch den Raum ein Banner mit der Aufschrift *Der beste Müll ist der, der erst gar nicht entsteht* gespannt.

Auch für den weihnachtlichen Touch ist gesorgt. An den Wänden hängen Girlanden mit Rosetten aus grün bemaltem Zeitungspapier, auf der Bühne macht sich der Schulchor bereit, den passenden Soundtrack zum Geschehen zu liefern.

Kaum habe ich unseren Müllsack auf einen der Tische gewuchtet, als ich Maria Magdalena in die Arme laufe. Sie trägt wieder ihren Flokatimantel und das glockenartige Mützengebilde, riecht aber heute Morgen etwas streng. Knapp entgehe ich ihrer Umarmung, indem ich mich nach einem runtergefallenen Apfelrest bücke.

»Schau mal, Nele, ich nehme das mit dem Upcycling wirklich ernst«, sagt sie selbstzufrieden. »Mein Müllsack besteht aus zusammengeklebten Resten alter Müllsäcke, die ich in den Abfalltonnen meiner Nachbarn gefunden habe.«

Streberin. Daher also der modrige Geruch, der sie umweht. Maria Magdalena toppt mal wieder alles. Aber was tut man nicht alles für Weihnachten? Mehr als alles. »Ihr Kinderlein kommet«, fängt der Schulchor an zu singen. Mein Mantra of the day. Wann, wenn nicht jetzt, sollte meine Einladung zum Erfolg führen?

»Du, Maria Magdalena«, tiriliere ich mit Engelszungen, »ich habe mir was überlegt. Jetzt, wo wir einen so schönen Kontakt haben – was hältst du davon, wenn du mit Daniel und deinem Mann den Heiligabend bei uns verbringst?«

Meine Argumente sind wohlüberlegt. Zum Beispiel muss sie nicht selber kochen, wenn sie bei uns feiert. Was Maria Magdalena am Ende überzeugt, ist mein Hinweis, dass Daniel Einzelkind ist.

»So eine richtige Familienweihnacht mit vielen Kindern ist doch ein unvergessliches Erlebnis für deinen Daniel! Stell dir vor, er spielt mit Benny *und* Alisa unterm Tannenbaum!«

Ich möchte mir das offen gestanden nicht so gern vorstellen, wenn ich an die Nikolausparty denke. Aber wir werden Daniel schon in den Griff bekommen, und schließlich geht es um Benny. Meinen Benny, auf den ich an Weihnachten keinesfalls verzichten will.

»Großartige Idee«, strahlt Maria Magdalena. »Ist gebongt. Damit du alles entsprechend vorbereiten kannst, gebe ich dir noch durch, was du berücksichtigen musst. Allergien zum Beispiel. Wir wollen ja alle gesund durch die Feiertage kommen, gell?«

Klingt verdächtig nach einer weiteren Verlängerung meiner To-do-Liste, dennoch nicke ich.

»Sicher. Das wird ganz, ganz toll!«

Und wenn sich Daniel trotz aller Vorsichtsmaßnahmen komplett danebenbenimmt, wird er halt mitsamt seinen Eltern vor die Tür gesetzt, füge ich innerlich grollend hinzu. Hauptsache, ich habe Benny wieder.

Eilig verabschiede ich mich. Ich muss mich sputen. Punkt acht Uhr bin ich mit Fiona und Hermine verabredet, um den Paketboten auszuspionieren, und durch die Unterhaltung mit Daniels Mutter habe ich kostbare Zeit verloren. Als ich ins Auto steige, trifft ihre erste WhatsApp ein. Von nun an vibriert mein Handy im Sekundentakt. Maria Magdalena ist keine Helikoptermutter, sie ist ein Kampfhubschrauber.

Allein Daniels Nahrungsunverträglichkeiten sind ihr elf Nachrichten wert. Hinzu kommt eine Liste mit Putzmitteln, auf die sie allergisch reagiert. Und eine Liste von Wörtern, die wir vermeiden sollten, um Daniels Sprachempfinden nicht negativ zu beeinflussen. Wörter wie Mist, verflixt und verdammt. Ziemlich viel Aufwand für ein Kind, das so hochfrequent Scheiße sagt wie Daniel.

Nun kann ich nur noch beten, dass ein Weihnachtswunder geschieht und die Pakete mit den Geschenken für die Kinder vom Himmel segeln wie die Schneeflocken auf meine Windschutzscheibe.

Das ungewöhnlich strenge Winterwetter hat es ganz schön in sich. Jede Kurve ein Risiko, jede rote Ampel eine Angstpartie, ob ich auch rechtzeitig zum Stehen komme. Im Schneckentempo tuckere ich vorwärts, bis ich endlich in die Straße einbiege, in der wir wohnen. Schon von Weitem sehe ich Fionas flaschengrünen BMW vor meinem Kosmetikstudio parken. Bis vor einem halben Jahr war es Pauls Wagen. Jetzt ist es Fionas Familienkutsche, und Paul fährt einen gebrauchten Nissan. Ja, Karma is a bitch.

»Süße, muss diese Mütze sein?«, empfängt mich Fiona, als ich Nicks Wagen abgestellt habe und in ihren BMW steige. »Ich meine, Pink? Hast du nichts Dezenteres, wenn wir auf die Pirsch gehen?«

»Ich setze die Mütze einfach ab. Besser?«

»Viel besser.« Schmunzelnd reicht sie mir einen der beiden Kaffeebecher, die in den Halterungen der Mittelkonsole auf koffeinsüchtige Menschen gewartet haben. »Für dich, siehst müde aus. Ich hatte eine kurze Nacht, wegen der Müllchallenge, und war schon in aller Frühe in der Schule. Hast du auch eine frisierte Mülltüte abgeliefert?«

»Und ob.«

Fiona greift ebenfalls zum Kaffee. Sie sieht wieder fantastisch aus in ihrem beigen Kamelhaarmantel und dem karierten Designerschal, der noch aus Zeiten stammt, als Paul zu den Großverdienern gehörte.

»Ich habe die Schränke der Kinder ausgemistet, jede Menge kaputtes Spielzeug gefunden und alles in die Tüte gestopft«, erzählt sie zwischen zwei Schlucken. »Obendrauf ein paar alte Zeitschriften, dazu Mandarinenschalen, eine kaputte Tasse, alte Pappschachteln, eine löchrige Unterhose von Paul.«

»Danke für den Kaffee.« Vorsichtig entferne ich den Becherdeckel. Fiona weiß, dass ich Cappuccino mag. Genüsslich schlürfe ich den zarten Milchschaum von der Oberfläche. »Du weißt aber schon, dass das kaputte Spielzeug wie ein Bumerang zurückkommt – als Baumbehang.«

»Na, und? Ich mach's wie du: Final weg damit.«

In diesem Augenblick öffnet sich eine der hinteren Türen, und Hermine steigt zu uns ein, eingemummelt in einen unförmigen schokobraunen Pelzmantel, den ich noch nie an ihr gesehen habe.

»Morgen allerseits.«

Fiona wirbelt zu ihr herum.

»Sag nicht, das ist ein Nerz, den du da trägst.«

»Nein, nur Kunstfell, das hält schön warm. Warum also nicht?«

»Weil du mit Leuten rechnen musst, die dich fertigmachen, weil sie denken, dass du ein totes Tier verhöhnst.« Gekonnt legt Fiona eine Kunstpause ein, dann bricht sie in Lachen aus. »War nur Spaß. Aber an der Schule unserer Kinder dürftest du dich mit dem Teil nicht blicken lassen.«

»Wie fangen wir denn nun an?«, erkundige ich mich.

»Nach dem Zufallsprinzip.« Hermine hüstelt verlegen. »Da wir die Route des Paketboten nicht kennen, müssen wir halt die Gegend abfahren und schauen, wo er sein Unwesen treibt.«

Fiona startet bereits den Motor und stellt den Scheibenwischer an, der jaulend eine dicke Schneeschicht beiseiteschiebt.

»Ich hab's gestern Nacht noch gegoogelt: Es gibt immer wieder Auslieferer, die sich die Rosinen aus der Fracht rauspicken. Einer wurde sogar dabei gefilmt. Könnt ihr euch alles ansehen, ist im Netz verfügbar.«

»Ich habe einen Tracker dabei«, sagt Hermine. »Sobald wir unseren Typen aufgespürt haben, platziere ich den Tracker an seinem Transporter, das macht die weitere Recherche einfacher.«

Wow. Sie ist wirklich eine coole Socke.

»Und dein Beziehungsstatus, Nele?« Fiona sieht mich besorgt von der Seite an. »Hast du dich mit Nick ausgesprochen? Oder ihm wenigstens eine Nachricht geschrieben?«

»Einen Brief angefangen.« Meine Hände umklammern den Kaffeebecher. »Mehr ist momentan nicht drin. Er kommt jetzt immer spätabends nach Hause und geht vor dem Frühstück.«

»Also entzieht er sich«, folgert Fiona.

»Ja, leider. Wenn man argumentativ unzugänglich ist, macht man halt einen großen Bogen um alles, was nach einem kontroversen Gespräch aussieht. Deshalb fällt auch die McDonald's-Idee flach. Obwohl ich sie wirklich originell fand.«

»Vielleicht könntest du es mit einer nonverbalen Geste versuchen. Mit irgendeiner lieben Aktion, die ihn an eure Anfänge erinnert. An die Romantik des Beginns. Koch ihn weich, Nele.«

»Aber wie genau?«

Eine Weile spähen wir stumm aus den Fenstern. Von irgendeinem Transporter ist nichts zu entdecken. Dafür hängen wir zehn Minuten lang hinter einem Müllwagen fest, der sich durch eine enge Straße quält.

»Passt zum Projekttag«, schnauft Fiona. »Manchmal frage ich mich wirklich, ob die Schule noch das Richtige für unsere Kids ist. Matteo meinte heute Morgen, er wird Müllfluencer. Auf TikTok will er seinen Followern zeigen, wie man aus Konservendosen Übertöpfe bastelt und Tetrapaks in Blumenvasen verwandelt. Wer braucht denn so was?«

»Also, ich bräuchte mal einen Kaffee«, wechselt Hermine das Thema.

»Ich weiß auch schon, wo.« Fiona legt den Rückwärtsgang ein. »Wir fahren zu meiner Bäckerei, holen uns ein leckeres Käsebrötchen, einen neuen Kaffee und hypnotisieren das Universum, dass es uns unterstützt. Irgendwo muss dieser verfluchte Transporter doch sein.«

»Ich könnte mal meinen Paketboten fragen, ob der was über die Routen weiß«, sagt Hermine mit merkwürdig heiserer Stimme. »Wann die Routen geplant werden, ob das irgendwo einsehbar ist und so weiter. Es müsste doch so eine interaktive Karte geben, wo die Position der Transporter zu erkennen ist. Sonst bekäme man ja nicht dauernd diese SMS aufs Handy, dass man als überüberübernächstes dran ist.«

»Und warum sollte dir dein Paketbote das verraten?«, erkundige ich mich erstaunt.

»Weil«, sie lacht etwas verlegen, »nun, er und ich, wir … da war mal was.«

Hermine. Immer für eine Überraschung gut.

»Wusste ja gar nicht, wie heftig bei dir die Post abgeht«, kichert Fiona. »Gut. Dann befrag mal deinen flotten Paketboten. Kann's noch gar nicht fassen, dass du mit dem im Bett …«

»… auf dem Sofa …«

»Grundgütiger! Du entweihst *unser* Sofa? Wo wir immer unsere Mädelsabende veranstalten? Und dann auch noch mit dem Postmann, der zweimal klingelt?«

»Man nimmt, was man kriegen kann«, befindet Hermine gespielt stoisch. »Viele Gelegenheiten, Männer kennenzulernen, habe ich ja nicht.«

»Und der Schornsteinfeger? Hast du den etwa auch schon durch?«

»Nee, nee«, jetzt muss Hermine doch wieder lachen, »den hebe ich mir für Zeiten auf, in denen ich zusätzlich Glück brauche.«

Ich hingegen brauche kein Glück. Das hatte ich schon, mit Nick. Doch jetzt kommt es drauf an, dieses Glück zu kitten, nachdem es einen gewaltigen Knacks bekommen hat. Irgendwie muss ich den abgerissenen Kontakt wiederherstellen. Schon ein bisschen absurd, wenn man bedenkt, dass wir unter einem Dach leben und im selben Bett schlafen.

Nie hätte ich für möglich gehalten, dass man sich auch in einer Beziehung so alleingelassen fühlen kann. Da denkst du, du ziehst mit deinem Traummann zusammen, und alles wird gut. Was ich genauso wenig ahnte wie Nick: Nach dem Happy End ist vor dem Beziehungstest. Zum ersten Mal verstehe ich, was die Leute meinen, wenn sie davor warnen, dass der Alltag die Liebe auffressen kann: Man verzettelt sich in tausend scheinbar banalen Details, doch in Summe formen sie das Zusammenleben weit stärker als die stärksten Gefühle. Für die ist nämlich kaum noch Platz. Die bleiben irgendwann auf der Strecke, wenn man dauernd über Einkaufslisten, Playdates, unaufgeräumte Zimmer und nun auch noch über Lichterketten und Weihnachtsessenswünsche spricht. Aber kaum noch über das, was wirklich wichtig ist.

»Wir haben also einen neuen Plan, alles Weitere besprechen wir in der Bäckerei«, beschließt Fiona.

Etwas eierig setzt sie zurück bis zur nächsten Kreuzung, wo sie wendet und Gas gibt.

Während der Fahrt hole ich mein Handy heraus. Unter der Rubrik Notizen tippe ich den Brief an, der bislang nur aus wenigen Sätzen besteht.

Lieber Nick. Man ertrinkt nicht automatisch, wenn man ins Wasser fällt … nur, wenn man sich weigert, zurück ans Ufer zu schwimmen. Wollen wir das versuchen? Gemeinsam?

Kapitel 10

JINGLE BELLS

Passen Sie doch auf, junge Frau!«

Muss der gerade sagen. Stöhnend reibe ich mir den linken Fuß. Der ältere Herr in lila Funktionskleidung, der sich mit dem Zartgefühl einer Abrissbirne durch die überfüllten Gänge pflügt, hat mir doch einfach seinen Hackenporsche in den Knöchel gerammt. Dennoch mache ich ihm Platz, sogar mit einem freundlichen Lächeln. Warum?

Sitzen wir denn nicht alle im selben Boot? Sind wir denn nicht alle gestresst?

Die junge Mutter, die mit ihrem Kinderwagen soeben eine Keksschachtelpyramide zum Einsturz gebracht hat, steht genauso unter Strom wie der Youngster in Baggy-Pants, der ratlos einen Ständer mit Modeschmuck anstarrt. Daneben schnuppert ein Typ im dunkelblauen Businessanzug an Parfums und sieht so aus, als wollte er sich gleich übergeben. Prompt wird er von einem alten Mütterchen angerempelt, das an den Regalen entlangwandert und die Preise mit einer dicken Lupe vergleicht.

Ja, wir sitzen alle in einem Boot mit der Aufschrift: HILFE, ICH BRAUCHE GESCHENKE!

Der Laden, in den ich mich heute gewagt habe, ist eine Mischung aus Kaufhaus und Ein-Euro-Shop. Mit etwas Fortune bekommt man Markenware zum Schleuderpreis, mit weniger Fortune gerät man an Wühltische, wo Minderwertiges verschleudert wird. Ein erkennbares System gibt es nicht. Die Schokolade liegt neben den Socken, bunte Plastikwischeimer stehen unter Bündeln von roten BHs, die wie sexy Weihnachtsdeko an der Wand hängen. Aus unsichtbaren Boxen ertönt dazu die Hymne aller, die dennoch unverdrossen weitermachen: Jingle Bells, Jingle Bells, Jingle All The Way!

Warum ich hier bin? Weil es in diesem Laden alles und nichts gibt. Das beschreibt auch ganz gut meinen inneren Zustand: Ich will *alles* rechtzeitig schaffen und habe das Gefühl, *nichts* auf die Reihe zu kriegen.

Wenn es überhaupt etwas gibt, das ich an Weihnachten nicht so mag, sind es die Geschenke. Und zwar in beide Richtungen: Geschenke besorgen *und* Geschenke bekommen. Wie jeder andere Mensch auch, liebe ich es natürlich, beschenkt zu werden – sofern es aus vollem Herzen geschieht und eine Idee dahintersteckt. Doch an Weihnachten herrscht Geschenkezwang. Das macht einen großen Unterschied. Den entscheidenden Unterschied.

Jahrelang hatte ich einen großen Pappkarton im Keller, in dem ich lauter Verlegenheitsgeschenke sammelte, die mir an Weihnachten aufgedrängt wurden. Man sah ihnen einfach an, dass sie entweder last minute aus irgendeinem Verkaufsregal gerissen wurden oder aus einer Schublade mit der Aufschrift: *Kann eigentlich weg* stammten. Strassbesetzte Handyhüllen.

Leicht müffelnde getragene Halstücher. Kerzen in Form von Cupcakes. Tassen mit albernen Aufdrucken wie: *Ich bin der Beweis, Kaffee macht schön* oder: *Ich wünschte mir, ich wär ein Bier.*

Allesamt Geschenke, für die man Schmerzensgeld verlangen könnte. Stattdessen musste man sich dann auch noch bedanken. Aus Pietät wartete ich dennoch, bis die Scheußlichkeiten im Keller verschimmelt waren, weil ich sie dann guten Gewissens entsorgen konnte.

Mittlerweile verfahre ich rabiater: Ebay oder Mülltonne.

Die andere Seite der Medaille ist es, Geschenke zu besorgen. Gut, bei meinen Stammkundinnen ist es ganz einfach: Die bekommen eine selbstgemachte Reinigungsmilch ihrer Wahl. Saubere Sache. In jeder Hinsicht.

Ganz anders sieht es schon mit Menschen aus, die einem etwas bedeuten. Da fängt das Drama wirklich an. Im besten Fall weiß man, was sie sich wünschen. Mit etwas Pech hat man keinen Schimmer und muss sich »inspirieren« lassen. Das sieht dann so aus wie das, was ich gerade tue: Man streift mit panischem Blick durch überfüllte Kaufhäuser, auf der Suche nach irgendwas – und damit meine ich buchstäblich: *irgendwas* –, das nicht zu billig aussieht, nicht zu teuer ist und doch mit Liebe ausgesucht wirkt.

O, Pokémon-Karten in einer bunten Geschenkbox! Genau das Richtige für Benny! Da in den Sternen steht, ob die Playstation jemals ihr korrektes Ziel erreichen wird, versenke ich zwei Boxen in meinem Einkaufswagen.

Daneben stehen Porzellankaraffen, wie man sie jetzt überall

sieht: ein dicklippiger wohlgenährter Fisch, der das Schwänzchen in die Höh' streckt. Eigentlich ganz nett. Eine Karaffe kann man immer gebrauchen, und diese gibt es in allen erdenklichen Farben. Würde Fiona ein fröhliches Rot gefallen? Oder ein eleganter Cremeton, passend zu ihrer Küche? Nein, keine Haushaltsartikel. Ist dann doch ein bisschen zu einfallslos. Auf meiner Stirn bilden sich kleine Schweißperlen. Eine halbe Stunde verbringe ich nun schon in diesem Laden der Hölle, und außer zwei Pokémon-Karten-Boxen habe ich nichts gerissen.

Schon wieder rempelt mich jemand an. Diesmal trifft es mich im Lendenwirbelbereich, genau dort, wo es sowieso schon oft schmerzt, weil ich mich in meinem Beruf andauernd über Menschen beuge. Vergrätzt drehe ich mich um. Und traue meinen Augen nicht: Der wandelnde Flokati hat mich touchiert! Daniels Mutter!

»Nele!« Sie deutet Küsschen rechts und links an, was sie noch nie gemacht hat. »Schön, dich zu sehen! Ich habe mich noch gar nicht für die fantastische Nikolausparty bedankt!«

Stimmt. Wahr ist aber auch: Dass eine doppelte und dreifache ökologische Bedenkenträgerin wie Maria Magdalena in einen Trash-Laden geht, der größtenteils chemieverseuchte Produkte ungewisser Herkunft verkauft, grenzt an Blasphemie. Die müsste doch ausschließlich in regional orientierten Biotempeln und veganen Geschenkboutiquen mit fair gehandeltem Kunsthandwerk shoppen. So hat sie es uns jedenfalls an den Elternabenden gepredigt.

»Und? Schon was Schönes gefunden?«, fragt sie mit einem

schiefen Lächeln, während sie in ihrer Manteltasche einen Satz gelber Plastikbecher verschwinden lässt, die weder vegan noch Fair Trade aussehen.

So viel dazu.

»Bis jetzt nicht, fällt mir echt schwer, in diesem Durcheinander eine Entscheidung zu treffen«, bekenne ich freimütig.

»Also, mit mir wirst du keine Mühe haben«, flötet sie. »Ich wünsche mir Gutscheine, und ich verschenke auch Gutscheine, handgeschrieben auf recyceltem Papier.«

»Wow. Was denn zum Beispiel?«

»Mein Mann bekommt den Gutschein: ein Nachmittag ohne Handy. Großartig, oder? Was würde dir denn gefallen? Ich könnte dir zwei Stunden schenken, in denen du dich einfach mal auf die Couch legst und deine Gedanken baumeln lässt.«

Danke, meine Gedanken baumeln bereits. Ich bin platt. Restlos. Das sollen Geschenke sein? Einfach irgendeinen Satz auf einen ungebleichten Zettel kritzeln, und dann ciao, Kakao? Aber wie es halt ist, wenn man bei so viel Dreistigkeit fast das Staunen verlernt, reitet mich das mir wohlbekannte kleine Teufelchen.

»Und wofür sind die gelben Plastikbecher gedacht? Packst du da die Gutscheine rein?«

Ich spüre förmlich, wie ihr Hirn heiß läuft, um eine gute Ausrede zu produzieren. Doch diese – wie sagte sie noch? *Mühe*? – wird ihr von einem großgewachsenen Herrn mit militärisch kurzem Bürstenschnitt und dunkelblauem Blouson abgenommen, der sich ihr in den Weg stellt.

»Security. Sie müssten dann mal mitkommen.«

Maria Magdalenas Augen werden groß wie Lebkuchentaler.

»Wohin?«

»In den Mitarbeiterbereich.«

Nervös greift sie sich in ihre rote Lockenmähne, die sie heute zu einer Vogelnestfrisur aufgetürmt hat.

»Wieso?«

»Sie wollen doch sicher kein Aufsehen, wenn Anzeige gegen Sie erstattet wird«, antwortet der Securitymann ungerührt. »Also kommen Sie am besten mit.«

»Ich habe aber nichts getan!«

»Ach, ist das so?« Mit dem rechten Mittelfinger, ja, es ist der Mittelfinger, zeigt er zur Decke. »Die Kameras sehen alles. Sie haben einen Satz Becher geklaut.«

»Aber das war doch nur ... hier, meine Freundin kann es bezeugen ... außerdem ...«

»Mitkommen«, befiehlt der Securitymann.

»Tu, was er sagt«, flüstere ich. »Wird sich schon alles aufklären. Bis dann, wir sehen uns.«

So was kommt von so was, würde Fiona sagen. Doch ich empfinde keineswegs Schadenfreude. Nur Mitleid. Maria Magdalena führt ein anstrengendes Leben, wenn sie so eifrig an einer Fassade arbeitet, die dann doch irgendwann zerbröckelt wie einer ihrer glutenfreien Kekse.

Weiter, Nele. Du hast nicht ewig Zeit, in einer halben Stunde ist deine Mittagspause vorbei. Na, dann auf in den Kampf.

Doch nichts lässt den Funken überspringen. Weder die handbemalten Papierkörbe mit Rosenmotiv noch die Tischsets aus geflochtenem Bast. Und jetzt surrt auch noch mein Handy. In der Hoffnung, dass meine nächste Kundin absagt, ziehe ich es aus der Tasche. Oha. Eine Nachricht von Louis Riedel. Eine lange Nachricht.

Hallo, hier ist Ihr Weihnachtself. Ich wollte mich mal melden, weil es mir so furchtbar leidtut, wie unser Termin endete. Desgleichen möchte ich betonen, dass mir Ihre Behandlung, oder das, was ich davon genießen durfte, außerordentlich gut gefallen hat. Nach meinem Dafürhalten sind Sie eine exzeptionelle Kosmetikerin: professionell, kompetent, zugewandt. Da ich wohl auf keine Wiederholung hoffen darf, würde ich mich für die entstandenen Unannehmlichkeiten gern mit einem Glas Glühwein auf dem Weihnachtsmarkt am Rathausplatz revanchieren. Ganz entspannt, ganz unverbindlich. Man trifft nicht häufig einen Menschen, der Weihnachten so von Herzen liebt wie Sie. Vielleicht können wir uns gemeinsam für ein paar kostbare kleine Momente verzaubern lassen, um den Geist der Weihnacht auf uns wirken zu lassen? Mit adventlichen Grüßen, Louis

Nee. Oder?

Etwas verwirrt stecke ich das Handy ein. Und stelle wider Willen fest, dass mir seine höfliche, empathische Art gefällt. Auch mit seinen Bemerkungen zum Geist der Weihnacht trifft er natürlich einen Nerv bei mir. Überhaupt ist die Nachricht so feinfühlig formuliert, wie man es selten erlebt.

Ich wühle gerade für Alisa in Sweatshirts mit Einhornmotiven, die mir wahrscheinlich besser gefallen als meiner Tochter, als mein Handy erneut surrt. Diesmal ist es ein Anruf. Von Hermine.

»Nele, wir sind einen großen Schritt weiter«, fällt sie mit der Tür ins Haus. »Das Gute ist: Es gibt tatsächlich eine interaktive Karte beim Paketdienst. Das noch Bessere ist: Mein Paketbote, du weißt schon, *der* Paketbote, hat mir nicht nur Zugang zu der interaktiven Karte verschafft, er hat mir auch die Listen übermittelt, aus denen man erkennen kann, wer welche Tour fährt.«

Ich könnte mich jetzt freuen. Doch mich bewegt nur ein Gedanke.

»Wie zum Henker hast du das aus ihm herausbekommen, Hermine?«

»Na hör mal, was könnte mehr Spaß machen, als eine halb erloschene Leidenschaft wieder auflodern zu lassen?«, erwidert sie vergnügt. »War eine Win-win-Situation.«

Ich bin vollkommen baff. Seit Menschengedenken ist Hermine Single. Sie hat ja auch alle Hände voll zu tun mit ihrem Job und der Pflege ihrer Mutter. Was eventuell nebenher läuft, wusste ich nie, weil sie allenfalls andeutungsweise mal erzählte, es gebe »Verehrer«. Ob das dann auch körperliche Begegnungen oder sogar längere Affären waren, keine Ahnung. Doch nun zeigt sie eine ganz neue, ziemlich sinnenfreudige Seite. So kann man sich täuschen.

Aber ich gönne es ihr. Hermines Leben ist hart genug, und ein bisschen Spaß muss sein, um es mit einem großen deutschen Sänger zu sagen.

»Fiona und ich haben uns sofort auf die Lauer gelegt«, erstattet sie weiter Bericht. »Dich wollten wir nicht behelligen, wir kennen ja deinen engen Zeitplan.«

»Danke, sehr rücksichtsvoll.« Mit einer Hand wühle ich weiter in den Sweatshirts, mit der anderen presse ich das Handy ans Ohr. »Und?«

»Nun ja, wir haben ihn jetzt zwei Stunden lang verfolgt. Doch soweit wir es beurteilen können, gab es keine Unregelmäßigkeiten. Wir hatten auf einen außerplanmäßigen Stopp gehofft, an dem er eine Lieferung abzweigt und irgendwo versteckt. Leider nichts.«

Ich lege ein rosa Sweatshirt zurück auf den Wühltisch, das mir mit pinkfarbenen Buchstaben *Merry Xmas* entgegenschreit. Selbst für mich ist das ein bisschen zu viel. Für Alisa sowieso.

»Mal ehrlich, Hermine: Könnte eure Methode eine Sackgasse sein?«

»Haben wir auch schon überlegt.«

»Und wenn ich noch mal beim Onlinehändler nachhake? Wäre ja nach wie vor eine Option, dass die Sachen versehentlich nicht rausgeschickt wurden.«

»Ja, mach das«, sagt Fiona, die offensichtlich neben Hermine im Wagen sitzt. »Wo bist du überhaupt?«

»In geheimer Mission unterwegs«, antworte ich wahrheitsgemäß.

»Gut, dass wir drüber reden. Ich möchte nichts zu Weihnachten. Wirklich nichts. Können wir vielleicht einen Anti-Geschenke-Pakt vereinbaren? Das entstresst uns alle. Außerdem ist es für mich ohnehin das größte Geschenk, dass ich bei euch feiern darf. Freu mich jetzt schon drauf. Am Ende kaufst du für mich noch so eine dösige Fischkaraffe, die jetzt alle haben.«

Ertappt. Meine Mundwinkel ziehen sich nach oben.

»Ich schließe mich meiner Vorrednerin vollinhaltlich an«, bekräftigt Hermine. »Ein Anti-Geschenke-Pakt ist das Mittel der Wahl, damit Weihnachten ein bisschen entspannter wird.«

»Gut, gebongt, keine Geschenke dieses Jahr.« Ich nicke, obwohl mich die beiden gar nicht sehen können. Im Herzen bin ich wohl immer noch ein analoger Trottel. »Und alle anderen Besorgungen erledige ich auf Ebay. Ihr glaubt gar nicht, wie voll es überall ist. Zweimal wurde ich sogar schlimm angerempelt.«

»Ja, in der Vorweihnachtszeit einkaufen ist so eine Art Survival-Training geworden«, seufzt Hermine.

»Und die Ausbeute? Zwei Sätze Pokémon-Karten für Benny.«

»Wir machen dann mal weiter«, verabschiedet sich Fiona. »Die Schicht deines Paketboten endet erst in einer Stunde. Und vergiss nicht, beim Versandhändler nachzufragen.«

»Geht klar!«

Ich vergesse es tatsächlich nicht. Nachdem ich die beiden Pokémon-Boxen bezahlt habe, verlasse ich den Laden und gehe schnurstracks zur nächsten Bushaltestelle. Als endlich der Bus hält, der mich in die Nähe meines Kosmetikstudios bringt, ist drinnen sogar ein Platz frei. Sofort gehe ich auf meinem Account in die Chatfunktion.

Guten Tag, wie kann ich Ihnen helfen?, spult ein Chatprogramm die Standardfrage ab.

Meine letzten beiden Bestellungen sind nicht angekommen, tippe ich ein.

Wie kann ich Ihnen helfen?

Wie gesagt, ich habe meine Bestellungen nicht erhalten.

Drei tanzende Pünktchen. So sieht es aus, wenn ein Roboter nachdenkt. Endlich die Antwort.

Ihre Bestellungen wurden ausgeliefert.

Ja, so steht es auch auf meinem Account, tippe ich geduldig. *Trotzdem sind sie nicht da.*

Pünktchen, Pünktchen, Pünktchen.

Ihre Bestellungen wurden ausgeliefert. Wenn Sie ein Produkt umtauschen möchten, drucken Sie bitte das entsprechende Rückgabeetikett aus und senden Sie das Produkt in der Originalverpackung an uns zurück.

Ich bin ein friedlicher Mensch. Keine Cholerikerin, keine Drama-Queen. Aber jetzt hätte ich nicht übel Lust, das Handy auf den Boden zu werfen und darauf rumzutrampeln wie Rumpelstilzchen. Dämlicher Roboter. Wird der extra so programmiert, dass man aufgibt, bevor man richtig angefangen hat?

Das Klingeln meines Handys erlöst mich aus der digitalen Folterkammer.

»Wahnsinn!«, meldet sich Hermine aufgeregt. »Wir haben die Sachen gefunden!«

»Wo?«, frage ich und suche mit den Augen unwillkürlich die Bürgersteige rechts und links ab.

»Im Netz! Bei Ebay! Du hast mich gerade auf die Idee gebracht! Jingle bells, jingle bells, da hat's bei mir geklingelt.«

»Jetzt mal langsam. Sprichst du etwa von der Playstation und dem Smartphone?«

»Wovon denn sonst? Auf Ebay habe ich einen Verkäufer aus unserer Region gefunden, der eine brandneue Playstation und ein hochwertiges Smartphone anbietet. Mehr nicht. Nur diese beiden Dinge.«

In meinen Füßen beginnt es zu kribbeln.

»Steht da auch, wie das ablaufen soll?«

»Sekunde. Ich lese mal vor: *PN an den Anbieter erforderlich. Persönliche Abholung nach Vereinbarung. Nur Bargeld, keine Karten.*«

»Das ist er!«, ruft Fiona. »Schreib ihm, Hermine! Schnell!«

»Bin schon dabei.«

Inzwischen kribbeln meine Füße, als hätte ich ganze Ameisenpopulationen in den Stiefeln. Kann es wirklich sein, dieses digitale Weihnachtswunder? Noch traue ich dem Braten nicht ganz.

»Fertig, Nachricht ist verschickt«, erklärt Hermine. »Jetzt müssen wir warten.«

Auch auf meinem Display erscheint eine Nachricht. Nicht vom Roboter. Ganz und gar nicht.

Liebe Nele, ich verstehe, wenn Sie wenig Zeit haben und mir deshalb nicht antworten. Dennoch wünsche ich Ihnen weiterhin eine wunderschöne Vorweihnachtszeit und puste ein bisschen Glitzerstaub in Ihren Tag, damit der Zauber erhalten bleibt.
Herzlichst, Ihr Weihnachtself

Du mich auch, ist meine erste Reaktion. Dann lese ich die Nachricht noch einmal und ändere meine Meinung. Wie aufmerksam das geschrieben ist. Wie nett. Schon die wenigen Sätze genügen, dass mein Ärger über das blöde Chatprogramm ein wenig verraucht.

Lieber Nick, könntest du mir bitte auch mal wieder so etwas Aufbauendes schreiben?

Kapitel 11

I'M DREAMING OF A WHITE CHRISTMAS

So, Kinder, macht mir bloß keine Schande«, ermahnt Fiona ihre Jungs, die sich wie die Orgelpfeifen vor ihr aufgereiht haben. »Nehmt euch ein Beispiel an Alisa und Benny, die sind immer brav.«

»Gar nicht«, protestiert Matteo. »Benny hat meinen Batman kaputtgemacht.«

»Der war schon kaputt, weil du ihn neulich aus dem Fenster geschmissen hast«, petzt sein kleiner Bruder Leon, ein ziemlich vorwitziges Bürschchen.

»Haha, Matteo wollte sehen, ob Batman wirklich fliegen kann«, ätzt Noah, der Älteste.

»Schluss jetzt«, spricht Fiona ein Machtwort. »Die Mamis haben was zu erledigen. Ich erwarte, dass ihr euch anständig benehmt und tut, was Vanessa sagt.«

Demonstrativ legt sie einen Arm um das junge blonde Mädchen, das linkisch lächelnd neben ihr steht. Vanessa ist die siebzehnjährige Nachbarstochter und wirkt noch recht kindlich für ihr Alter. Was sie nicht daran hindert, trotz des kalten Winterwetters knappe rote Shorts zu schwarzen Overknees und einen bauchnabelfreien Winzling von schwarzem Pullover zu tragen.

»Hi.« Sie hebt kurz eine Hand. »Was geht?«

»Liest du mir noch was vor, wenn wir im Bett sind?«, fragt Alisa, die fasziniert den freigelegten Bauchnabel anstarrt. »Ich habe ein tolles Buch dabei.«

»Ja, ein Fremdwörterlexikon«, grinst Noah.

Vanessa sieht nicht aus, als würde sie sich brennend für Fremdwörter interessieren, aber das ist vielleicht auch nur ein Klischee.

»Super, dass du als Babysitter einspringst«, bedankt sich Fiona bei ihr. »Spätestens um zehn bin ich zurück.«

Wenn alles gut geht, füge ich innerlich hinzu. Wir haben uns ganz schön was vorgenommen.

Die Abschiedszeremonie findet im Flur von Fionas Haus statt. Er ist in genau jenem sonnigen Gelb gestrichen, das ich für unser Schlafzimmer bevorzugt hätte. Im Gegensatz zu Nicks supercleanem Stil herrscht hier fröhliches Durcheinander. Die Garderobe quillt über von Kinderjacken jeder Form und Größe, darunter türmt sich ein Haufen Winterstiefel in den verschiedensten Größen mit weißen Schneerändern. Um das Chaos abzurunden, liegen Schultaschen, Mützen und Spielzeug auf dem Boden verstreut. So wie's eben zugeht, wenn man Kinder hat.

Nichts für Ordnungsfanatiker. Auch Nick hat so seine Probleme damit, dass unsere Wohnung nicht immer geleckt wie aus dem Katalog aussieht. Ich nenne es Leben. Er nennt es Desorganisation.

Dennoch kann ich ihn ein Stück weit verstehen. Schließlich kenne ich noch seine äußerst übersichtlich möblierte Junggesellenbude, die komplett schnickschnackfrei und stets penibel aufgeräumt war. Als wir dann zusammenzogen, musste er sich quasi über Nacht an den Anblick eines fröhlichen Kuddelmuddels gewöhnen: Ciao, Schöner Wohnen, hallo Wimmelbild. Da fragt man sich bestimmt, ob man überhaupt noch darin vorkommt. Oder nur ein Statist in der falschen Kulisse ist. Vermutlich sucht er noch seine Rolle in unserem Familienfilm, in dem die Hauptrollen lange vor seinem Erscheinen verteilt waren. Geredet haben wir nie darüber. Also, wirklich *geredet.*

»Mami, hast du mir auch Schnulli eingepackt?«, will Benny wissen und presst sich an meine Beine.

Schnulli ist sein Schlafschaf. Ein hundertmal gewaschenes, längst ausgeblichenes Stofftier, ohne das er nicht ins Bett geht.

»Na, klar, mein Großer, alles da drin.« Ich zeige auf einen bunten Rucksack neben der Haustür. »Schnulli freut sich schon auf dich.« Streng, aber nicht zu streng sehe ich meine beiden an. »Kein Streit, keine Süßigkeiten, keine Handyspiele. Um halb neun ist Zapfenstreich. Fiona bringt euch dann morgen auch zur Schule.«

Es ist nicht das erste Mal, dass die Kids bei Fiona schlafen. Meist aus Spaß, heute aus purer Notwendigkeit. Nick kommt vermutlich wieder erst nach Mitternacht nach Hause, und ich kann Alisa und Benny nicht einfach allein lassen.

»Was habt ihr denn vor, Mum?«, fragt Alisa.

»Wir besuchen den Weihnachtsmann«, antwortet Hermine, die in ihrem dicken Pelzmantel neben der Garderobe steht.

»Stimmt«, nicke ich.

Das kann ich sogar sagen, ohne rot zu werden. Falls unser Abenteuer gut geht, ist der Paketbote tatsächlich so was wie der Weihnachtsmann. Wenn auch ein böser, böser Weihnachtsmann. Noch immer fällt es mir schwer zu glauben, dass mich der nette Herr, der Jahr für Jahr meine Weihnachtsplätzchen futtert, so übel bestohlen haben soll. Nun, sein Ebay-Account spricht für sich.

Ein letztes Mal werden die Kinder ermahnt, geküsst und gedrückt, dann stiefeln Fiona, Hermine und ich hinaus in das dichte Schneetreiben. In einer Stunde wird der große Showdown stattfinden. Google Maps hat nur dreißig Minuten für die Fahrt ausgerechnet, doch bei dem heftigen Schneefall wollen wir auf Nummer sicher gehen, da der Paketbote, der Hermine bereitwillig seine Adresse verraten hat, ziemlich weit draußen wohnt.

»Ich habe Pfefferspray dabei«, eröffnet uns Fiona, als wir alle drei im Wagen sitzen.

Hermine gibt ein Geräusch von sich, dass an erfreutes Knurren erinnert. Falls es so was gibt.

»Sehr beruhigend. Aber offiziell verboten, oder?«

»Es ist auch verboten, anderer Leute Pakete zu klauen«, entgegnet Fiona nonchalant, während sie den Motor anlässt und von ihrem Grundstück auf die verschneite Straße einbiegt. »Insofern wäre ich moralisch und karmisch aus dem Schneider, falls ich zu härteren Mitteln greifen muss.«

Kann man so sehen. Ich möchte diese schräge Aktion eigentlich nur noch ganz schnell hinter mich bringen. Besonders wohl ist mir ohnehin nicht dabei. Durch Nick weiß ich, dass die Polizei immer wieder davor warnt, auf eigene Faust zu ermitteln. Hobbydetektive leben gefährlich. Zwar ist Diebstahl kein Kapitalverbrechen, doch wer einmal auf die schiefe Bahn geraten ist, reagiert oft unberechenbar; auch das hat mir Nick erzählt.

Fiona und Hermine scheinen ähnliche Gedanken zu bewegen. Anders als sonst, wenn wir gemeinsam unterwegs sind, ist das Gespräch verstummt. Dafür ist die Anspannung mit Händen zu greifen. Wortlos starren wir nach draußen.

Unglaublich, was für Massen von Schnee runterkommen. Fiona hat das Autoradio angestellt, aus dem die weiche Stimme von Bing Crosby tropft: »I'm dreaming of a white christmas.« Frau Holle sollte sich was für Ende Dezember aufheben, überlege ich, sonst werden wir mal wieder grüne Weihnachten haben. Und wovon träume ich? In meinen kühnsten Fantasien sehe ich mich in einem romantisch verschneiten Gebirge, nur Alisa, Benny, Nick und ich. Aber nicht in einem teuren Resort, wie es Frau von Oldenburg gebucht hat. Eine schlichte Berghütte wäre mir viel lieber. So ein rustikales Holzhaus mit geschnitzten Balkonen, in dem wir glücklich vor dem Kamin sitzen, heißen Tee trinken, Plätzchen knabbern und nichts brauchen außer uns.

Als mein Handy klingelt, vollführt mein Herz einen Salto. Hat Nick endlich eingesehen, dass Abtauchen nichts bringt? Aufgeregt hole ich das Handy heraus. Och nee. Es ist Nicks Mutter. Ich habe sie als *Gabrülle* eingespeichert.

»Gehst du nicht ran?«, fragt Fiona, die stark vornübergebeugt am Steuer sitzt, so wie man es oft bei älteren Herrschaften sieht, die denken, dass sie dann alles unter Kontrolle haben.

»Noch ein Telefonat mit Gabriele würde meine tägliche Dosis toxischer Energien überschreiten.« Entnervt drücke ich das Gespräch weg. »Ihr allmorgendliches Briefing hat mir vollauf gereicht.«

»Worum ging's diesmal?«

»Um die Übernachtung während der Weihnachtstage. Gabriele erwartet, dass Nick und ich im Kinderzimmer nächtigen, während Königinmutter und der Herr Gemahl Anspruch auf unser Schlafzimmer haben.«

»Unverschämtheit«, brummt Hermine im Fond.

»Und auch emotional eine Katastrophe. Wie soll ich denn jemals wieder Sex mit Nick haben, in einem Bett, in dem seine Mutter gelegen hat?«

Fiona schüttelt den Kopf.

»Wie sollst du jemals wieder Sex mit Nick haben, wenn ihr einander aus dem Weg geht?«

»Ganz einfach: Telefonsex«, röhrt Hermine von hinten.

»Danke für den Tipp.« Seufzend versenke ich das Handy in meiner Jackentasche. »Unsere Wohnung ist viel zu klein für tagelangen Schlafbesuch. Deshalb hielte ich es für angebracht, dass Nicks Eltern in ein Hotel gehen. Oder in eine Pension. Doch das lehnt er kategorisch ab.«

Erneut fängt mein Handy an zu klingeln.

»Hartnäckige Bitch«, raunzt Fiona. »Weißt du was? Geh ran und stell auf laut, damit wir auch ein bisschen Spaß haben.«

»Machst du Witze? Nicks Mutter ist so was wie die Großmutter des Teufels!«

»Hört sich nach höllischem Spaß an.«

Also schön. Ich zähle bis drei, dann nehme ich das Gespräch an.

»Hallo? Gabriele?«

»Na, endlich«, sagt sie spitz. »Um diese Uhrzeit müsstest du doch Zeit für mich haben. Morgens bist du ja immer so kurz angebunden.«

»Falsch«, gluckst Fiona. »Nele braucht eine lange Leine.«

»Ist da noch jemand bei dir?«, fragt Gabriele argwöhnisch.

»Nur der Fernseher«, schwindele ich. »Ich stell ihn mal leiser. Also, was gibt's?«

»Mir ist zu Ohren gekommen, dass bei euch der Haussegen schief hängt.« Ihre Stimme klingt kein bisschen mitfühlend. Eher triumphierend. »Das liegt leider, leider an dir. Ich habe Nick zu einem prächtigen Menschen erzogen. Es mag heutzutage unpopulär sein, solche Dinge zu sagen, aber ich gebe dir jetzt mal einen guten Rat: Akzeptiere einfach, dass du viel Gutes von ihm lernen kannst.«

Mir bleibt der Mund offen stehen.

»Könnte ich diese Weisheit vielleicht auch als besticktes Kissen haben?«, prustet Fiona los.

»Wie war das? Wer ist da bei dir?«, fragt Gabriele misstrauisch.

»Niemand.« Auch ich muss lachen, bemühe mich aber, es lautlos zu tun. Mit mäßigem Erfolg. »Dann vielen Dank für den wertvollen Rat und einen schönen Abend.«

»Halt, halt, Nele, es gibt noch mehr zu besprechen! Wenn

das mit euch klappen soll, musst du mehr Handfestes auf den Tisch bringen. Zum Beispiel Schnitzel, Steak oder Rippchen. So ist es Nick von zu Hause gewohnt – nicht nur Brot, Käse, Gürkchen oder deine ewigen Spaghetti. Ein Mann, der den ganzen Tag hart arbeitet, will was Richtiges essen.«

Doch ja, da klingelt was bei mir. Auch Nick hat sich schon des Öfteren »richtiges Essen« für unsere gemeinsame Mahlzeit am Abend gewünscht. Brot mit irgendwas reiche ihm nicht, Spaghetti sei ein Kinderessen. Meine Vorliebe für Salate, Gemüseaufläufe und Gurkensticks quittiert er meist mit einem Gesichtsausdruck, als müsste er frittierten Spülschwamm essen. Da kommt man schon ins Grübeln, ob man mit so einem Mann nicht nur das Bett, sondern auch den Tisch teilen will.

Gut, bleiben wir fair. Selbst ich vermisse manchmal die Zeit, als ich noch mit Feuereifer aufwändige neue Rezepte ausprobierte. Nick ist sogar richtig gut darin. In unserer Datingphase hat er mich oft mit selbstgekochtem Essen überrascht, das er sich in YouTube-Videos abgeschaut hatte: leckere Süßkartoffelpommes zum Beispiel, gratinierter Ziegenkäse an Lavendelhonig oder Lammcarrée mit Kräuterkruste. Manchmal haben wir auch gemeinsam gekocht. Raffiniert. Genussvoll. Stundenlang. Und genau da liegt der Hase im Pfeffer: Im Alltag mit Kindern muss es schnell gehen. Weder können wir uns ausgiebige Einkaufstouren nach Feierabend leisten noch zeitaufwändige Gerichte, die erst um Mitternacht fertig sind. Insofern ist Nicks kulinarischer Frust durchaus nachvollziehbar.

Trotzdem. Das ist unsere Sache. Nicht Gabrieles.

»Das Gelingen einer Beziehung hängt nicht zuletzt davon ab, dass kulinarisch alle auf ihre Kosten kommen«, lässt sie mich als Nächstes wissen. »Oder hast du etwa vergessen, dass Liebe durch den Magen geht?«

»So, jetzt reicht's aber mal«, grummelt Hermine, deren Kopf zwischen den Vordersitzen erscheint, sodass sie in Hörweite des Handys ist. »Suchen Sie Streit? Dann suchen Sie ihn gefälligst woanders! Und ab dafür!«

Mit einer Hand langt sie an meiner Schulter vorbei und tippt den roten Punkt unten auf dem Display an. Damit wäre diese Unterhaltung dann wohl beendet.

»Was für eine impertinente Person!«, regt sich Fiona auf. »Was sagt eigentlich Nick dazu?«

»Ach, der frisst seiner Mutter doch aus der Hand.«

»Schöne Vorstellung, wie sie ihn mit Rippchen füttert.«

»So was nennt man narzisstische Triangulierung«, überrascht uns Hermine mit neuerlichem Wissen über Beziehungen.

Ich drehe mich halb zu ihr um.

»Wie bitte? Was soll das denn heißen?«

»Den Begriff habe ich von deiner Tochter.«

»Was?«

Hermine schlägt den Kragen ihres Kunstpelzmantels hoch, in dem sie ein bisschen wie ein schokobrauner Yeti aussieht.

»Dir muss ich ja wohl nicht sagen, dass Alisa ein Superhirn ist. Als wir eben bei Fiona waren, habe ich sie gefragt, wie es so läuft. Wie nicht anders zu erwarten, war ihre Antwort ebenso präzise wie differenziert.«

»Falls du denkst, ich weiß jetzt Bescheid …«

»Ganz einfach. Was Narzissmus bedeutet, dürfte dir bekannt sein. Triangulierung kommt von Triangel, also Dreieck. Nicks Mutter hat beschlossen, aus eurer Zweierbeziehung eine Dreiecksbeziehung zu machen. Und zwar eine, die sie durch ihre narzisstische Art torpediert.«

»Unter Dreiecksbeziehungen hatte ich mir bisher immer sexy Eskapaden vorgestellt«, kichert Fiona. »Hand aufs Herz: War eine von euch schon mal mit zwei Männern …«

»Vorsicht!«, schreit Hermine.

Beim Versuch, rechts abzubiegen, ist Fiona ins Rutschen geraten. Wie eine weiße Wand taucht plötzlich eine riesige Schneewehe vor uns im Scheinwerferlicht auf. Reflexhaft steigt Fiona auf die Bremse. Macht es auch nicht besser. Als sie endlich ruckelnd zum Stehen kommt, hat sich der Kühler des Wagens tief in die Schneewehe gebohrt.

»Setz zurück!«, kommandiert Hermine.

Fiona versucht es. Hektisch legt sie den Rückwärtsgang ein und tritt das Gaspedal voll durch. Doch nichts bewegt sich. Kreischend drehen die Reifen auf dem eisglatten Untergrund durch.

»Und was machen wir jetzt?«, japst sie.

»Den Abschleppdienst rufen«, schlage ich das Naheliegende vor. »Kann natürlich dauern bei dem Wetter, doch ohne Hilfe kommen wir hier nicht wieder raus.«

»Nein, wir müssen laufen«, verkündet Hermine düster. »Kein Netz.«

Ach, du Schreck. Ich schaue an mir hinab. Zwar trage ich eine

Daunenjacke und Winterstiefel, aber für nächtliche Schneewanderungen bin ich eindeutig zu dünn angezogen.

»Wo sind wir überhaupt?«

»Irgendwo im Nirgendwo.« Noch immer tippt Hermine auf ihrem Handy herum, wohl in der Hoffnung, dass sie wie von Zauberhand doch noch ein Netz erwischt. »Shit, verdammt.«

»Wir sind verloren!«, wimmert Fiona.

»Sag doch gleich: Wir werden alle sterben«, muffelt Hermine. »Hysterie bringt uns jetzt auch nicht weiter.«

»In einem Film habe ich mal einen prima Hack gesehen«, versuche ich mich an einer konstruktiven Lösung. »Die Leute haben die Fußmatten aus dem Wagen hinter die Reifen gelegt, um sie am Durchdrehen zu hindern.«

»Dummerweise hast du vergessen, dass zwei der vier Räder unter einer Schneewehe feststecken«, entgegnet Hermine dumpf. »Wir bräuchten schon Schaufeln, um sie auszugraben. Fiona? Hast du zufällig Schaufeln dabei?«

»Ja, klar, die gehören natürlich zur ganz normalen Bordausrüstung, für den Fall, dass ich eine Leiche vergraben muss«, grantelt sie. »Sonst noch eine glorreiche Idee?«

Ratlose Stille.

Plötzlich hämmert jemand an die Scheibe der Fahrertür. Synchron kreischen wir los, in Tonlagen, die Kristall zum Zerspringen bringen würde. Dann verstummen wir starr vor Schreck. Und mit Grund. Wir sind drei Frauen, gefangen in einem fahruntüchtigen Auto, jedem wehrlos ausgeliefert, der uns ausrauben will. Oder Schlimmeres.

Wieder klopft es. Wie in Zeitlupe dreht Fiona ihren Kopf nach links.

»Da ist ein Mann«, flüstert sie. »Er macht mir Zeichen, dass ich die Scheibe runterlassen soll.«

»Bloß nicht«, flüstert Hermine zurück.

Auch ich schaue jetzt nach links. Großer Gott. Soweit ich es im schwachen Widerschein einer weit entfernten Straßenlaterne sehen kann, ist das niemand anderes als mein Paketbote.

»Lass die Scheibe runter«, wispere ich Fiona zu. »Aber gib mir vorher einen Moment. Hast du eine Sonnenbrille dabei?«

»Eine …« Sie macht ihr berühmtes Hä-Gesicht, eine gruselige Grimasse, mit der man kleine Kinder erschrecken könnte. »Im Handschuhfach. Wieso?«

»Der da ist unser Zielobjekt. Mein Paketbote.«

»Ach, du Elend«, ächzt Hermine.

»Kannst du laut sagen. Er darf mich auf keinen Fall erkennen, sonst weiß er sofort, was wir im Schilde führen.«

Ich bin schon dabei, meine auffälligen hellbraunen Locken unter die Mütze zu stopfen. Dann klappe ich das Handschuhfach auf, hole die Sonnenbrille raus, gottlob ein schwarzes Riesenteil à la Grace Kelly, setze sie auf und hoffe, dass die Tarnung funktioniert. Nein, ganz, ganz schlechte Idee. Wer außer Heino und Udo Lindenberg trägt denn nachts eine Sonnenbrille? Also setze ich sie wieder ab, ziehe den Mützenrand halb über die Augen und verdecke Mund und Nase mit meinem Schal.

»Jetzt«, flüstere ich.

Surrend fährt die Scheibe der Fahrertür runter.

»Einen schönen guten Abend«, fistelt Fiona mit einem unnatürlich dünnen Stimmchen, in dem sich Panik und Höflichkeit so ungefähr die Waage halten. »Können wir Ihnen irgendwie helfen?«

»Dasselbe wollte ich Sie fragen«, grient der Mann, der mich schamlos beklaut hat. »Ich wohne da drüben, auf dem kleinen Bauernhof. Wenn Sie wollen, kann ich Sie mit meinem Trecker aus der Schneewehe ziehen.«

»Ja, ich will«, haucht Fiona.

Kapitel 12
WALKING IN A WINTER WONDERLAND

Es ist eine Riesenaktion. Bibbernd harren Fiona, Hermine und ich im Schnee aus, während der diebische Weihnachtsmann ein Seil an dem Wagen befestigt. Im Gegensatz zu uns ist der Mann, der sich als Herrmann Spieker vorgestellt hat, bestens gegen die arktische Kälte gerüstet. Mit seinen überdimensionierten Handschuhen, dem wattierten hellen Schneeanzug und den unförmigen Moonboots würde er glatt als Marsianer durchgehen.

Hinter ihm steht ein gigantischer Trecker mit fast mannshohen Rädern. Im grellen Scheinwerferlicht des Monstrums sieht die Szenerie noch unwirklicher aus: drei verfrorene Frauen neben einer Limousine, deren Kühler in einer Schneewehe steckt, als hätte sie sich schlafen gelegt.

Auch unseren Retter kann ich jetzt ganz deutlich erkennen. Das kantige Gesicht mit dem Grübchen im Kinn, die etwas tiefliegenden Augen, das gewinnende Lächeln, dem ich auf den Leim gegangen bin. Auf eine unauffällige Weise sieht er ganz gut aus. Zumindest hat er sich gut gehalten. Nach wie vor schätze ich ihn auf Mitte, Ende fünfzig.

»Dann steigen Sie mal ein, junge Frau«, fordert er Fiona auf. »Wenn ich hupe, lösen Sie die Handbremse und legen den Rückwärtsgang ein, geben aber kein Gas, okay?«

Fiona nickt zaghaft.

»Wird schon schiefgehen«, lacht er.

Dann schwingt er sich in das Führerhaus seines Treckers und schmeißt den Motor an. Das knatternde Geräusch dröhnt in den Ohren, als ob ein Düsenjet startet, gleich danach hupt es so durchdringend, dass es mir durch Mark und Bein geht.

»Was hältst du von ihm?«, fragt Hermine, während wir zusehen, wie sich Fionas Wagen ruckelnd und schuckelnd in Bewegung setzt.

»Was ist das denn für eine Frage?«

»Wie ein Verbrecher sieht er jedenfalls nicht aus.«

»Ach.« Durch den Schlitz zwischen Mütze und Schal hindurch mustere ich sie erstaunt. »Und wie sieht deiner Meinung nach ein typischer Verbrecher aus?«

»Weiß nicht.«

Okay, okay, auch ich hätte ihm ja nicht zugetraut, dass er lange Finger macht. Trotzdem. Irgendwas ist da im Busch.

Unterdessen hat es Fiona fast geschafft. Unser Treckerfahrer gibt noch mal Gas, der Motor heult auf, das Seil spannt sich so straff, dass ich schon fürchte, es könnte reißen. Dann gleitet die Limousine mit einem kleinen Hopser zurück auf die Straße. Hermine applaudiert.

»Toll haben Sie das gemacht!«, ruft sie Hermann Spieker zu, der geschickt wie ein Äffchen aus seinem Trecker klettert und zufrieden einen Daumen hebt.

Wieder stutze ich. Hermine ist nicht gerade für ihren überbordenden Enthusiasmus bekannt.

»War doch selbstverständlich«, beteuert er, als er auf uns zumarschiert. »Sie können jetzt weiterfahren, aber Vorsicht, hier liegt wesentlich mehr Schnee als in der Innenstadt.«

Fiona, die ebenfalls ausgestiegen ist, legt pantomimisch die Handflächen aneinander.

»Vielen herzlichen Dank, das war sehr liebenswürdig von Ihnen.«

»Bestimmt sind Sie völlig verfroren, wollen Sie nicht auf den Schreck einen Tee?« Herrmann Spieker zeigt auf etwas, das man im Dunkeln nicht sehen kann. »Da drüben ist mein Bauernhof. Das heißt«, er schiebt den linken Ärmel seines Schneeanzugs hoch und schaut auf die Uhr, »in einer halben Stunde habe ich einen geschäftlichen Termin. Aber so lange können Sie sich gern bei mir aufwärmen.«

Wow. Besser geht's ja gar nicht. Er lädt seine Rächerinnen zu sich nach Hause ein, nicht ahnend, wer sie in Wahrheit sind: sein dreiköpfiger *Termin*.

»Ganz reizend von Ihnen«, säuselt Fiona. »Gern nehmen wir Ihr freundliches Angebot an. Fahren Sie einfach vor, wir folgen Ihnen.«

»Tja, das wird ein bisschen schwierig.« Umständlich kratzt er sich am Kinn. »Meine Zufahrt ist nicht geräumt, da kommt man nur mit dem Trecker durch. Das letzte Stück müssten Sie schon zu Fuß laufen.«

Wir tauschen fragende Blicke, dann strahlt Fiona ihn an.

»Kein Problem. So ein kleiner Fußmarsch ist doch ganz erfrischend. Umso mehr werden wir Ihren heißen Tee zu schätzen wissen.«

»Abgemacht.« Zögernd schaut er nochmals zwischen uns dreien hin und her. »Also, einen Platz hätte ich ja auf dem Trecker frei.«

»Ich!« Wie ein Schulkind hebt Hermine den Finger. »Ich hätte Lust mitzufahren!«

»Dann mal los«, schmunzelt er, bevor er sich wieder an Fiona wendet. »Sie fahren einfach die Straße weiter, bis auf der rechten Seite eine Einfahrt kommt. Da können Sie Ihren Wagen abstellen. Den Rest müssten Sie wie gesagt zu Fuß erledigen.«

»Ja, ja, passt schon«, versichert Fiona.

Gesagt, getan. Hermine, die auf einmal sehr hibbelig wirkt, erklimmt das Führerhaus des Treckers, Fiona und ich steigen in den Wagen.

»Hast du's gemerkt?«, fragen wir wie aus einem Mund, als wir sitzen.

Spontan lachen wir los. Zwei Freundinnen, ein Gedanke.

»Unsere liebe Hermine ist hin und weg«, schwärmt Fiona. »Und ich dachte, ich hätte das Talent gepachtet, mich in die Falschen zu vergucken.«

»Sie wird noch einsehen, dass der nix für sie ist«, dämpfe ich Fionas Überschwang. »Spätestens, wenn wir damit rausrücken, was wir wirklich in dieser gottverlassenen Gegend wollten, wird ihr Treckerheld sein wahres Gesicht zeigen.«

»Schade. Aber wo du recht hast, hast du recht.«

Vorsichtig fährt Fiona los, und diesmal achtet sie peinlich genau darauf, bloß nicht wieder von der Straße abzukommen. Es ist erschreckend dunkel ringsum. Ich bin selten nachts im Umland unterwegs, und da ich nicht die Mutigste bin, frage ich mich ernsthaft, ob uns nicht ein schwerer Fehler unterlaufen ist. Wer weiß, in was für eine Gruselhütte uns dieser Herrmann Spieker lockt. Hört man doch öfter, dass in abgelegenen Gehöften die abartigsten Verbrechen begangen werden.

Nach zwei, drei Minuten kommt rechter Hand die angekündigte Einfahrt in Sicht. Wie besprochen, stellt Fiona den Wagen dort ab, und wir setzen unseren Weg zu Fuß fort.

Inzwischen hat es aufgehört zu schneien. Über uns wölbt sich der dunkle Nachthimmel, geschmückt mit Millionen Sternen. Der schönste Christbaum der Welt. Unten auf der Erde liegt allerdings so viel Schnee, dass wir nur langsam vorankommen. Mit ausgebreiteten Armen, um bloß nicht hinzufallen, balancieren wir über die frischen Treckerspuren.

»Walking in a winter wonderland«, trällert Fiona. »Wer hätte das gedacht?«

»Wer hätte das gewollt?« Hüpfend weiche ich einem Schneehaufen aus. »Ich kann mir nettere Freizeitbeschäftigungen vorstellen, als zu einem Dieb zu wandern, der auch noch Hermine um den Finger gewickelt hat.«

»Nee, das ist von ganz allein passiert, denke ich.« Fiona bleibt stehen. »Irgendwie brannte auf einmal die Luft zwischen den beiden.«

»Das Gefühl hatte ich auch. Aber ist das was Gutes? Ist der Typ ein Guter?«

»Wir hätten zusammenbleiben müssen«, flüstert Fiona, die

auf einmal meine Besorgnis zu teilen scheint. »Wer weiß, was er gerade mit Hermine anstellt.«

Den restlichen Weg laufen wir. Dreimal schlage ich lang hin, bevor ich darauf komme, dass ich vielleicht mal die Mütze höherschieben sollte, um was zu sehen, Fiona bringt es auf zwei Rutschpartien mit unsanften Landungen. Aber nachdem der Verdacht erst mal in der Welt ist, kann uns nichts mehr davon abhalten, die Beine in die Hand zu nehmen. Atemlos erreichen wir ein Haus mit hohem Giebel und diversen Nebengebäuden, dessen Vorplatz notdürftig von einer funzligen Laterne erleuchtet wird. Irgendwo bellt ein Hund. Auch das leise Muhen von Kühen ist zu hören, wahrscheinlich aus einem weiter entfernten Stall.

Die Eingangstür ist schnell gefunden. Ich ziehe die Mütze wieder bis über meine Augenbrauen, dann bummern wir an das mürbe Holz. Mit den Fäusten. Vielleicht ist ja schon Gefahr in Verzug.

»Hehe, nicht so laut, werte Damen«, werden wir leutselig zurechtgewiesen, als der Hausherr nach einer gefühlten Ewigkeit die Tür öffnet. »Es gibt auch eine Klingel.«

»Haben wir gar nicht gesehen«, behauptet Fiona scheinheilig.

Ich muss mich kurz sammeln, als ich mir ins Gedächtnis rufe, dass ich vor dem Mann stehe, der die Geschenke meiner Kinder verhökern will. Er hat sich inzwischen umgezogen. Zu einer olivfarbenen Cordhose trägt er so was wie einen Trachtenjanker. Spitzenmimikry. Fehlt nur noch der Tirolerhut, und er wäre der perfekte Schwiegersohn für die ältere Generation.

»Dann immer rein in die gute Stube«, sagt er einladend.

Durch einen quadratischen Vorflur, in dem bunt bemalte Bauernschränke stehen, führt er uns ins Wohnzimmer, wo Hermine auf einer geblümten Couch sitzt, neben sich ein Tischchen mit einer Tasse dampfendem Tee.

»Hermine!« Wir fliegen förmlich auf sie zu und umarmen sie, als hätten wir uns Wochen nicht gesehen. »Geht's dir gut? Ist alles in Ordnung?«

»Ja? Warum?«

»Nur so.« Ich widerstehe dem Impuls, meine Mütze abzusetzen. Noch ist nicht Showtime. »Wie nett, dass du schon deinen Tee bekommen hast. Und so gemütlich hier.«

Zumindest Letzteres stimmt. Der Raum besticht mit einem Wohlfühlfaktor, den ich dem Hausherrn gar nicht zugetraut hätte. Was ich erwartet habe? Eine verhunzte Bude mit abgeschabten Sesseln und einer nackten Glühbirne an der Decke. Stattdessen umfängt mich rustikale Wärme. Neben der Blümchencouch steht ein alter Sekretär aus goldbraunem Holz, zwei ledergepolsterte Armlehnstühle im selben Holzton, ein wuchtiger geschnitzter Schrank und ein leicht verblichener rot gemusterter Teppich ergänzen den Eindruck anheimelnder Gemütlichkeit.

»Nicht wahr?« Hermine hat rote Bäckchen vor Aufregung. »Ein ungemein *gemütliches* Zuhause.«

»Na ja, eigentlich nichts Besonderes«, wiegelt Herrmann Spieker bescheiden ab. »Die Möbel sind von meiner Mutter. Ich würde mich vermutlich irgendwann neu einrichten, aber dafür fehlt das nötige Kleingeld. Der Hof wirft kaum noch was ab mit den paar Kühen und dem wenigen Land, das ich beackere. Deshalb habe ich mir schon vor längerer Zeit einen Nebenjob besorgt.«

O ja, als Paketbote mit kriminellen Energien, möchte ich am liebsten rausplatzen, beherrsche mich aber. Nur nichts überstürzen. Wir müssen erst mal für gute Stimmung sorgen und dann den richtigen Moment abpassen, damit er die Sachen auch wirklich rausrückt.

»Darf ich fragen, warum Sie sich auch hier drinnen mit Mütze und Schal vermummen?«, erkundigt er sich interessiert bei mir.

»Weil …« Denk nach, Nele! »Ich, ähm …«

»Sie hatte kürzlich zwei schlimme Styling-Unfälle«, übernimmt Fiona, die sich neben Hermine auf die Couch setzt. »Erst hat der Friseur ihr Haar verschnitten, dann war ihre Kosmetikerin so unvorsichtig, eine Creme mit hohem Allergierisiko aufzutragen. Das Ergebnis möchten Sie nicht sehen, glauben Sie mir.«

»Und ihre Augen muss sie vor zu viel Licht schützen, weil sie kürzlich eine Laser-OP hatte«, ergänzt Hermine. »Diese Laseroperationen bewirken ja wahre Wunder.«

»Habe ich schon öfter gelesen.« Er zuckt die Achseln. »So eine OP würde ich mir auch für meine Mutter wünschen, leider zahlt die Kasse nicht genug dazu.«

»Lebt Ihre Mutter in der Nähe?«, fragt Hermine, die bei dem Thema natürlich hellhörig geworden ist.

»Ganz in der Nähe.« Ein kleines trauriges Lächeln überzieht Herrmann Spiekers Gesicht. »Im ersten Stock. Sie ist bettlägerig, ich pflege sie seit einigen Jahren.«

Selbst der Kurzsichtigste bräuchte definitiv keine Augen-OP, um zu erkennen, dass Hermine dahinschmilzt wie Schokolade in der Mikrowelle.

»Ich auch. Also, ich kümmere mich auch um meine bettlägerige Mutter.«

»Pflegestufe?«, fragt Herrmann Spieker knapp.

»Drei.«

»Meine Mutter auch!«

Danach strahlen sie einander an wie Teenager, die soeben herausgefunden haben, dass sie beide auf Taylor Swift stehen.

»Könnten wir dann vielleicht auch einen Tee …?«, erinnert Fiona ihn an sein Versprechen.

»O, natürlich, Entschuldigung, ich hole ihn aus der Küche.«

Stumm sehen wir ihm nach, als er das Wohnzimmer verlässt und die Tür hinter sich schließt. Dann bricht eine heiße Diskussion aus. Alle drei reden wir durcheinander, schmieden Pläne für das weitere Vorgehen, erwägen die Risiken, schätzen die Erfolgsaussichten ab. Wobei auffällt, dass sich Hermine nur sehr einsilbig an der Debatte beteiligt.

»Sag ehrlich, was ist mit dir und diesem Spieker?«, setzt Fiona ihr die Pistole auf die Brust. »Willst du ihm die Klauerei etwa durchgehen lassen?«

»Nein, natürlich nicht.«

Trotzdem sieht Hermine todunglücklich aus. So unglücklich, dass Fiona ihr mitleidig den Arm tätschelt.

»Hör mal, viele Menschen kämpfen mit einem mageren Einkommen. Aber nicht alle werden automatisch kriminell.

So sympathisch er auf den ersten Blick rüberkommt, der Mann ist ein falscher Fuffziger.«

»Ich weiß«, erwidert Hermine geknickt.

Eins ist unübersehbar: Ihr Herz steht in Flammen.

»So, Tee für die Damen.« Die Türklinke hat Herrmann Spieker mit dem Ellenbogen runtergedrückt, weil er ein Tablett mit zwei Tassen und einer Teekanne in den Händen hält. Nachdem er das Tablett abgesetzt hat, gießt er die Tassen voll und reicht sie Fiona und mir. »Zucker, Milch, Zitrone, Honig?«

Nein, Butter bei die Fische. Mittlerweile bin ich am Ende meiner Beherrschung angelangt. Also Schluss mit Abwarten und Teetrinken.

»Kommen wir doch gleich zum unerfreulichen Teil unserer kleinen Teestunde«, ergreife ich das Wort, während ich mir die Mütze vom Kopf reiße. »Wir sind Ihr Geschäftstermin. Und Sie wollen etwas verkaufen, was mir gehört.«

Kapitel 13

IT'S THE MOST WONDERFUL TIME OF THE YEAR

Noch nie habe ich erlebt, dass jemand von der einen Sekunde zur anderen derartig verfällt. Es ist, als hätte man die Fäden einer Marionette durchgeschnitten. Wie ein Stein plumpst Herrmann Spieker auf einen freien Armlehnsessel. Sein Gesicht ist aschfahl, sein Oberkörper knickt seitlich weg, schlaff hängen seine Hände herab. Alles Leben scheint aus ihm gewichen zu sein.

Niemand sagt einen Ton. Es ist das pure Grauen. Und obwohl meine emotionale Verwirrung an Absurdität nicht zu übertreffen ist, spüre ich, wie sich plötzlich Schuldgefühle in mir regen.

Fiona geht es genauso, das sehe ich ihr an. Hermine sowieso. Ist ja auch eine verzwickte Zwickmühe. Vor uns sitzen gewissermaßen Dr. Jekyll und Mr Hyde. Der freundliche, hilfsbereite Dr. Jekyll, der uns aus der Schneewehe gerettet und auch noch einen Tee angeboten hat. Und der düstere Mr Hyde, dem nichts Besseres einfiel, als mich schnöde zu beklauen. Mich, eine Frau, die er immerhin kennt, wenn auch nur flüchtig.

Der Moment dehnt sich wie Kaugummi. Eine Wanduhr tickt. Von Ferne höre ich wieder den Hund bellen.

»Also, ich hätte gern ein wenig Honig in den Tee«, zwitschert Fiona, die das unheilvolle Schweigen offenbar nicht länger aushält.

»Honig«, wiederholt unser Gastgeber, als sei das ein Wort, das er zum ersten Mal hört.

»Ich brauche Rum«, stöhnt Hermine.

Und ich einen Gute-Laune-Tee. Mir ist so depri zumute, als wäre ich selbst die Diebin. Um der Wahrheit die Ehre zu geben: Herrmann Spieker tut mir leid.

Wie viel einfacher wäre es doch, wenn ein schmieriger Widerling vor mir säße. So ein dreister Kerl, der alles abstreitet, Kette raucht und frauenfeindliche Sprüche bringt. The man you love to hate. Nichts von alldem trifft zu. Dieser Mann ist krachend normal. Und nett. Und eines ganz gewiss nicht: ein gewissenloser Gauner.

»Ich hätte da mal eine Frage, Herr Spieker«, wagt sich Hermine aus der Deckung.

Kraftlos hebt er eine Hand.

»Fragen Sie.«

»Wie kommen Sie in den Besitz der Playstation und des Smartphones, das Sie auf Ebay annonciert haben?«

Sein Teint wird noch etwas fahler, ein bitterer Zug umspielt seinen Mund.

»Das wissen Sie doch schon«, sagt er tonlos. »Ich habe die Pakete widerrechtlich an mich genommen, statt sie auszuliefern.«

»Und woher wussten Sie was drin ist?«, will Fiona wissen. »Haben Sie den Röntgenblick, oder was?«

»Ein Smartphone erkennt man sofort an der Verpackung. Bei der Playstation musste ich raten. Ausschlaggebend war das Format des Kartons.«

Eine weitere Pause entsteht. Fiona lockert ihren Schal, Hermine nestelt wie üblich an ihrem Haarknoten, ich drehe die Mütze in meinen Händen hin und her. Ja, er tut mir leid. Aber das kann nicht alles gewesen sein. Der Gedanke an Alisa und Benny entfacht meine Wut aufs Neue.

»Wenn Sie schon unbedingt klauen müssen, warum suchen Sie sich dann nicht jemanden mit Kohle aus? Ich bin nicht Krösus. Können Sie sich vorstellen, wie lange ich dafür arbeiten muss, so was Teures zu kaufen?«, rede ich mich in Rage. »Und haben Sie auch nur einen Funken Fantasie, wie unglücklich Sie zwei Kinder machen, die Weihnachten leer ausgehen?«

»Ja, ja, ja.« Verzweifelt windet er sich auf seinem Stuhl. »Es war doch nur, weil …«

»Weil – was?«

»Das Pflegebett.«

Klirrend setzt Hermine ihre Teetasse ab, aus der sie einen Schluck getrunken hat. Klar, dieses Stichwort triggert sie. Im letzten Sommer, als wir unseren nicht ganz legalen Coup durchgezogen haben, hatte sie nur einen Wunsch: endlich ein professionelles Pflegebett anzuschaffen, um ihrer Mutter das ständige Liegen zu erleichtern.

»Es ist nicht so einfach, sich um einen kranken alten Menschen zu kümmern«, erzählt Herrmann Spieker mit brüchiger Stimme. »Ich würde wirklich alles tun, um meiner Mutter zu helfen.«

»Das haben Sie ja bereits bewiesen«, wirft Fiona ungewohnt scharf ein. »Was kommt als Nächstes? Entführen Sie den Hund eines Promis? Murksen Sie jemanden ab?«

»Es ging nie um mich«, spricht er weiter, ohne auf Fionas Sarkasmus einzugehen. »Ich wollte mich nicht bereichern. Deshalb habe ich auch nur die Playstation und das Smartphone gestohlen. Der Wert entspricht ungefähr der Summe, die ich für so ein Bett hinlegen muss, nachdem die Krankenkasse den mageren Zuschuss bezahlt hat.«

Das ist fast zu rührselig, um wahr zu sein. Leider auch plausibel. Dennoch, ein Rest Misstrauen bleibt. Wer eine kriminelle Ader hat, für den muss es doch ein Leichtes sein, drei Frauen an die Wand zu quatschen, indem er an ihr gutes Herz appelliert. Oder?

Wie gern wäre ich einer dieser professionellen Profiler, von denen Nick mir erzählt hat: psychologisch geschulte Spezialisten, die unter anderem die Glaubwürdigkeit eines Menschen einschätzen können. Okay. Ich bin kein Profiler. Aber ich könnte es ja mal auf die dilettantische Art probieren. Aufmerksam lasse ich meinen Blick nochmals durch das Wohnzimmer schweifen.

Was könnte ihn verraten? Was entlasten?

Auf dem Sekretär liegt ein zerfleddertes Buch. Ein Thriller, den er augenscheinlich mehrmals gelesen hat. Nicht sehr vertrauenerweckend. Daneben steht ein silbergerahmtes Foto von ihm mit einer betagten Lady, wahrscheinlich seine Mutter. Spricht für ihn. An der Wand hängt ein Stickbild mit dem Satz: *Die Liebe höret nimmer auf.* Spricht ebenfalls für ihn, er hätte es ja längst abhängen können. Was noch? Nichts noch. Das war's.

»Herr Spieker.« Fiona, die ihren Tee auch ohne den gewünschten Honig in einem Zug ausgetrunken hat, setzt sich kerzengerade hin. »Wir sollten das hier abkürzen. Geben Sie uns die Pakete. Von einer Anzeige werden wir absehen, aber das Diebesgut brauchen wir zurück. Jetzt.«

»Selbstverständlich.«

Schwerfällig steht er auf und öffnet den geschnitzten Wohnzimmerschrank. Wahrscheinlich ein Erbstück, wie alles andere hier. Und noch etwas, das ihn mit Hermine verbindet, die ja auch im Museum der mütterlichen Möbel lebt.

Nachdem er eine Plastiktüte aus dem Schrank geholt hat, schlurft er sichtlich mitgenommen zurück und hält sie mir hin.

»Ich möchte mich in aller Form bei Ihnen entschuldigen, Frau Tremper. Es war ein Fehler. Letztlich ein unverzeihlicher Fehler.«

Meine Hände zittern, als ich ihm die Tüte abnehme und hineinschaue. Alles da. Die Pakete wurden aufgerissen, aber die Originalverpackungen sind unversehrt, wie ich erleichtert feststelle.

»Entschuldigung angenommen, Schwamm drüber. Aber machen Sie so was nie, nie wieder.«

»Also, ich kann ihn verstehen«, sagt Hermine plötzlich.

Sein Kopf ruckt zu ihr herum.

»Wie bitte?«

Am ganzen Körper bebend, was trotz des dicken Pelzmantels deutlich zu sehen ist, steht Hermine vom Sofa auf. Ihre Augen brennen, ihre Wangen lodern.

»Wenn man einen Angehörigen pflegt, ist man doch ganz allein auf weiter Flur. Die Pflegesätze sind ein Witz, die Zuschüsse für technische Hilfsmittel wie Pflegebetten, Rollstühle und Treppenlifte verschwindend gering. Da kommt man irgendwann auf dumme Gedanken.«

Herrmann Spieker starrt sie an wie eine Erscheinung. Nervös pult er mit einem Finger an einem Loch in seiner olivfarbenen Cordhose herum.

»Ich – ich weiß gar nicht, was ich sagen soll.«

»Aber ich.« Auf Hermines Stirn beginnt eine Ader zu pulsieren, ein sicheres Zeichen dafür, dass sie etwas Tollkühnes vorhat. »Sagen Sie einfach: Hey Mädels, ich lade euch schick zum Abendessen ein. Irgendwann in den nächsten Tagen, als kleine Wiedergutmachung.«

Ich traue meinen Ohren nicht. Die Härchen auf meinen Unterarmen stellen sich senkrecht. Was Hermine da von sich gibt, ist Wahnsinn. Fiona scheint es genauso zu sehen. Nie hat ihr groteskes Hä?-Gesicht so viel Sinn gemacht wie in diesem Moment.

»Das ist eine hervorragende Idee«, höre ich Herrmann Spieker sagen, dessen Miene sich aufhellt. »Wann immer Sie möchten.«

»Sorry, ich bin raus«, stößt Fiona heftig hervor. »Mit einem

Typen, der meine beste Freundin beklaut, gehe ich doch nicht auch noch essen.«

»Eher friert die Hölle zu«, pflichte ich ihr bei. »Sie können froh sein, dass wir die Sache nicht juristisch verfolgen und Sie Ihren Job behalten können. Das war's dann aber auch.«

Noch immer steht Hermine unbeweglich da, in ihren Pelzmantel gehüllt, ein Bein herausfordernd nach vorn gestellt. Und dann, wie ein Sonnenstrahl, der durch eine dichte Wolkendecke bricht, malt sich ein winziges Lächeln in ihrem Gesicht.

Gott, bin ich dämlich. Und wie verdammt raffiniert ist bitte Hermine? Natürlich hat sie damit gerechnet, dass Fiona und ich abspringen. Sie wollte ein Date. Jetzt hat sie ein Date.

»Na, dann …« Das Objekt ihrer Begierde ist mindestens so verdattert wie Fiona und ich. »Ich melde mich bei Ihnen, Hermine. So heißen Sie doch? Hermine?«

»Gut memoriert«, bestätigt sie immer breiter lächelnd. »Ist ja auch leicht zu merken, Herrmann und Hermine. Meine Kontaktdaten haben Sie via Ebay. Ich esse übrigens am liebsten Italienisch.«

»Und jetzt Abmarsch«, ordnet Fiona an, die ihre Backen aufgeblasen hat wie einen Luftballon, der demnächst platzt. »Ich muss hier weg.«

»Und ich muss nach meiner Mutter sehen«, nimmt Herrmann Spieker den Faden auf. »Warten Sie, ich bringe Sie noch …«

»Danke, wir finden allein raus«, lässt Fiona ihn abblitzen.

Im Eilschritt geht sie voran, ich gehe hinterher, als Dritte folgt uns Hermine nach draußen. Als wir den Vorplatz überqueren, den besternten Himmel über uns, fängt Hermine tatsächlich an zu singen. Leise zwar, aber durchaus vernehmlich.

»It's the most wonderful time of the year.«

Anmutig dreht sie sich einmal um sich selbst. Gewissermaßen eine Yeti-Pirouette.

»There'll be much mistletoeing
and hearts will be glowing
when loved ones are near.«

»Ist dir eigentlich bewusst, was du dir da für einen Mist zusammensingst?«, macht Fiona ihrem Ärger Luft.

»Aber ja.« Hermine vollführt eine weitere Pirouette. »Dies ist die schönste Zeit des Jahres: Man küsst sich unter dem Mistelzweig, und Herzen erglühen, wenn man mit geliebten Menschen zusammen ist.«

»Klingt ja überhaupt nicht dick aufgetragen«, unke ich.

»Wie kannst du nur, Hermine?« Wütend stampft Fiona mit dem Fuß auf. »Seit wann stehst du auf solche windigen Kerle?«

»Ach, weißt du«, etwas Träumerisches umflort auf einmal ihren Blick, »die meisten Frauen wünschen sich einen Gentleman, der im richtigen Moment ein böser Junge ist. Bei mir ist es halt umgekehrt gelaufen: Ich habe einen bösen Jungen kennengelernt, in dem sich ein echter Gentleman verbirgt.«

»Wer's glaubt, hält auch den Weihnachtsmann für eine wissenschaftlich bewiesene Tatsache«, erwidere ich kopfschüttelnd. »Leg noch den Osterhasen und die Zahnfee drauf, fertig ist die schönste Zeit des Jahres.«

»Noch nie was von der zweiten Chance gehört, Nele? Ich schon.«

»Also, eins hast du echt drauf«, schnaubt Fiona: »Sicheres Auftreten bei absoluter Ahnungslosigkeit.«

Kapitel 14
STILLE NACHT

Es ist vier Uhr morgens. Obwohl ich so gerädert bin, als hätte ich drei Tage und Nächte durchgefeiert, lässt mich der Schlaf im Stich. Er weigert sich einfach, meinem müden Körper und meinem überreizten Hirn eine Auszeit zu gönnen. Mit offenen Augen liege ich im Bett. Starre die runtergedimmte Schneemannlichterkette an. Versuche, meine Gedanken zu ordnen. Und meine Gefühle.

Kann man Gefühle ordnen? Dumme Frage. Genauso gut könnte ich versuchen, die Sockenschublade meiner Kinder aufzuräumen. Da passt auch nichts zusammen, weil es nun mal ein Naturgesetz ist, dass über kurz oder lang lauter Single-Socken rumliegen.

Ich versuche es mit einer seitlichen Position. Dann wälze ich mich auf den Bauch, mein Gesicht ins Kissen gepresst. Auch nicht gut. Ich probiere die andere Seite, ein Bein auf die Bettdecke gelegt. Hilft alles nichts, ich bin hellwach. Nick hingegen schläft tief und fest. Sonst machen wir immer Löffelchen, er das große, ich das kleine. Jetzt hat er mir den Rücken zugekehrt, wie seit Tagen schon, und nur seine tiefen regelmäßigen

Atemzüge verraten mir, dass da noch ein lebendes Wesen in meinem Bett liegt.

Vielleicht ist es ja auch die reichlich abenteuerliche Exkursion zu Herrmann Spieker, die mich nicht schlafen lässt. Wie ein verwackeltes Handyvideo ziehen die Bilder an mir vorbei, unscharfe Momentaufnahmen von Schneewehen und Treckern, und dann dieser Augenblick, als ich merkte, dass es Hermine schwer erwischt hat.

Menschen beim Verlieben zuzuschauen ist ein seltenes Vergnügen. Ich fühlte mich ein bisschen wie ein Naturforscher, der jahrelang mit seiner Kamera auf der Lauer gelegen hat, bis er endlich die Paarung von Orang-Utans beobachten konnte. Oder das Balzverhalten von Amöben. Es war faszinierend. Dicses Aufleuchten in Hermines Gesicht. Diese wilde Entschlossenheit. Wäre sie einige Jahre jünger, sie hätte bestimmt einen spontanen Eisprung gehabt.

Mit bleischwerem Herzen denke ich daran, dass Nick und ich auch mal dieses Leuchten im Gesicht hatten. Im letzten Sommer, als wir uns kennenlernten. Da war so ein hormoninduzierter Glow, der die Luft zwischen uns flirren ließ, etwas Unwägbares, Magisches, ein Festival der Endorphine halt.

Ich sehne mich nach dieser Phase zurück. Na ja, die kriege ich nicht wieder. Aber vielleicht eine Beziehung, die an der momentanen Krise wächst und eines dieser innig liebenden Paare aus uns macht, das noch mit hundert Händchen haltend auf der Parkbank sitzt. Zurzeit sieht es nicht danach aus. Nick ist immer noch eingeschnappt: wegen meiner vermeintlich übertriebenen Weihnachtsbegeisterung, wegen seiner Mutter, deren ach so selbstlose Fürsorge ich seiner Meinung nach nicht angemessen würdige. Und wegen Louis, mit dem er mich angeblich auf frischer Tat ertappt hat.

So was ist nicht nebenbei aus der Welt zu schaffen. Schon gar nicht alles auf einmal.

Dass wir nicht reden, kommt erschwerend hinzu. Wie gern würde ich Nick sagen, dass ich Louis Riedels Nummer inzwischen gelöscht und ihn auch gleich blockiert habe. Dabei hatte er mir noch einige weitere stimmungsaufhellende Nachrichten geschrieben, wie ich sie mir von Nick wünschen würde: kleine Komplimente, lustige Sprüche, einen schönen Tag noch, süße Träume, noch mehr Glitzerpuder. Was man eben so schreibt, wenn man jemandem eine Freude bereiten möchte.

Doch die Sache wurde mir zu heiß. Selbst ein unverbindlicher Flirt wäre in meiner heiklen Beziehungsphase pures Gift. Auf dünnem Eis dreht man keine Pirouetten. Das habe ich Louis auch geschrieben. Sinngemäß. Mich für die netten Nachrichten bedankt, ihm alles Gute gewünscht und erklärt, dass ich nun mal eine Frau in festen Händen sei, die sich in Zurückhaltung üben sollte.

Das alles hätte ich gern Nick erzählt. Sofern es denn die Gelegenheit dazu gegeben hätte. Nick schweigt. Er entzieht sich, duckt sich einfach weg. Und zwar mit einer Konsequenz, die mich frösteln lässt. Sind wir überhaupt noch zusammen?

Eine Trennung wäre Wahnsinn, hat mir Fiona gestern zum Abschied gesagt, ihr habt doch gerade erst einen neuen Teppichboden verlegen lassen.

Haha. Bestimmt gibt es viele Paare, die so denken. Trennungen sind unbequem. Dann lieber weiterwurschteln, den Alltag durchziehen und hoffen, dass sich alles von selbst löst. Oder hinnehmen, dass man eben eine mausetote Beziehung führt, eine Wohngemeinschaft auf Basis gegenseitiger Ignoranz.

Nichts für mich. Warum sollte ich meine Freiheit aufgeben und mir im Gegenzug einen muckschen Mann nebst nerviger Mutter einhandeln? Mein Leben als Single Mum mag nicht perfekt gewesen sein, aber immer noch besser als das, was mich gerade um den Schlaf bringt.

Oder bin ich zu selbstgerecht?

Nun ja. So ganz unschuldig an diesem Schlamassel bin ich auch wieder nicht. Genauso wenig wie Nick habe ich vorher groß darüber nachgedacht, wie es sich anfühlen wird, wenn wir hopplahopp eine Patchworkfamilie gründen. Geklärt war nichts. Weder Nicks Position im Mami-Kinder-Kosmos noch meine Doppelrolle als Partnerin und Mutter. Darin habe ich ohnehin keine Übung, weil ich zwar auf einige Beziehungen zurückblicken kann, aber nie den Schritt gewagt hatte, einen Mann mit Haut und Haar in mein Leben zu lassen.

Zusammenleben ist kein Dauer-Date. Das dürfte auch Nick mittlerweile klar sein. Die Gefühle sind immer noch da, doch irgendwas läuft gehörig falsch. Habe ich zu wenig Rücksicht auf seine Bedürfnisse genommen? Fühlt er sich als drittes Kind in unserer Familie, mit mir als Big Mama, die wie gewohnt den Ton angibt?

Zumindest, was die Weihnachtszeit betrifft, habe ich ihn

vermutlich gnadenlos überrollt. Da war ich definitiv die Big Mama, die einfach ihr Ding durchzieht – und nicht die Partnerin, die vielleicht mal nachfragt, was sich Nick denn wünscht. Wir hätten gemeinsam darüber sprechen, gemeinsam planen müssen, wie wir die Zeit gestalten wollen. Klingt mühsam, ist es wahrscheinlich auch. Aber nur so funktioniert Beziehung. Sonst lebt man aneinander vorbei und wundert sich dann, wenn es kracht und scheppert.

Welche Emotionen verbindet Nick mit Weihnachten? Welche Erinnerungen sind in ihm lebendig? Welche positiven oder negativen Erfahrungen hat er gemacht? Ich habe keine Ahnung. Aber ich spüre, dass er so was Ähnliches wie ein Weihnachtstrauma hat. Wie sonst wäre es zu verstehen, dass er dermaßen allergisch auf vieles reagiert, was mir völlig selbstverständlich erscheint?

So, ich kapituliere. Hat doch keinen Sinn, weiter Löcher in die Luft zu starren. Genauso wenig Sinn macht es, mich in Gedankenlabyrinthen zu verirren, aus denen es keinen Ausweg gibt.

Lautlos rolle ich mich aus dem Bett, schlüpfe in meine Hauschuhe und schleiche mich aus dem Schlafzimmer. Wie still es in der Wohnung ist. Wie friedlich. Stille Nacht. Das Einfachste wäre jetzt, ins Kinderzimmer zu flüchten, mich an Benny zu kuscheln und seinen einzigartigen Kinderduft einzuatmen. Es würde mich beruhigen. Weiterbringen würde es mich nicht.

Der Brief, Nele. Du musst endlich den Brief zu Ende schreiben, von dem nur ein matter Anfang existiert.

In der Küche öffne ich den Schrank, in dem ein Fach für Basteln & Co. reserviert ist. Eine wahre Schatzkiste: Stifte, Sticker, Glitzerpuder, eingetrocknete Klebstofftuben, Glückwunschkarten und ein Stoß DIN-A4-Blätter stapeln sich darin. Vielleicht klebe ich ja wirklich Herzchen auf den Brief an Nick. Vorher sollte ich den Brief allerdings erst mal verfassen. Handschriftlich, so wie ich es mir vorgenommen habe.

Lieber Nick,

Wie weiter? Meinen Anfang in den Handynotizen verwerfe ich. Viel zu pathetisch, dieses Bild vom Ertrinken. Wir sind ja nicht auf der Titanic – »Jack, Jaaaack!« Vielleicht sollte ich es lieber in der Richtung versuchen, die Fiona mir geraten hat: Nick an unsere Anfänge erinnern, an die besonderen Momente.

weißt du noch?, krakle ich mit Alisas goldenem Lieblingsstift auf das Blatt. Und ein weiteres Mal:

Weißt du noch, wie Du mich mit Blaulicht zur Schule gefahren hast, weil ich spät dran war und Alisa und Benny abholen musste? Es hat sich so überwältigend gut angefühlt, dass Du spontan für mich da warst. Offenbar hast Du auf den ersten Blick die Nöte einer alleinerziehenden Mutter erkannt, die sich heftig abstrampeln muss, um alles zu schaffen. Ohne große Worte warst Du für mich da. Hast mich unterstützt. Hast einfach getan, was getan werden musste, obwohl Deine Kollegin ziemlich angefressen war, weil sie es unmöglich fand, dass Du

Dich meinetwegen für diese Höllenfahrt mit Blaulicht entschlossen hast.

Ich hingegen war sprachlos. So viel Unterstützung kannte ich gar nicht. Die Männer vor Dir wollten Spaß, für meinen Alltag haben sie sich nie interessiert. Du bist anders. Fürsorglich. Verantwortungsvoll. Ich fürchte, das habe ich Dir nicht oft genug gesagt.

Erinnerst Du Dich an unser erstes Date im Cosy Coffee? Und wie Du plötzlich bei Alisas Quizwettbewerb aufgetaucht bist, als ich schon dachte, alles sei zu Ende? Du hattest so ein Strahlen im Gesicht, ein Alles-wird-wieder-gut-Strahlen, als ob uns nichts und niemand mehr auseinanderbringen könnte. Erinnerst Du Dich an unseren ersten Kuss? Diese Art von Kuss, der völlig außer Kontrolle gerät und bei dem man sofort weiß, dass auch alles andere ein absoluter Rausch werden wird?

Nick, die Zeit können wir nicht zurückdrehen, aber vielleicht manchmal zurückschauen und daran denken, wie schnell wir wussten, dass wir zusammengehören. Damals war es Verliebtheit. Daraus wurde Liebe. Wir dürfen nicht zulassen, dass sie an Unterschieden zerbricht. Und schon gar nicht dürfen wir zulassen, dass Dritte versuchen, einen Keil zwischen uns zu treiben. Du weißt sicher, wen ich meine.

Falls nicht, googel mal »narzisstische Triangulierung«. Bis gestern wusste ich auch nicht, was das *ist. Aber schon vorher habe ich darunter gelitten. Und ja, es geht um Gabriele. In Tipps verpackt, setzt sie mich ständig unter Druck. Gibt mir das Gefühl, Dir nicht zu genügen, alles falsch zu machen. Sie entwertet mich. Und damit auch unsere Beziehung.*

Viel zu lange habe ich versucht, es allen recht zu machen. Meinst Du, wir schaffen es, unsere Unterschiede auszuhalten, damit wir auch in unserer Beziehung wir selbst bleiben können? Damit wir nach wie vor die Menschen sind, in die wir uns mal verliebt haben?

Meinst Du, wir schaffen es zu REDEN? Das ist diese Sache mit den Wörtern, falls Du's vergessen hast. Vielleicht dachten wir ja beide, dass es keinen Gesprächsbedarf gibt, wenn man einander liebt. Inzwischen weiß ich: Von Anfang an hätten wir uns darüber austauschen müssen, was wir eigentlich vom Zusammenleben erwarten. Was wir uns davon erhoffen, und ob eventuell Ängste im Spiel sind. Ist ja keine Kleinigkeit, einen Teil seiner Eigenständigkeit aufzugeben, oder? Für Dich kam's besonders dicke, weil du gleich drei neue Mitbewohner bekommen hast.

»Nele?«

Ich schrecke zusammen. Das ist Nick. In Schlaf-T-Shirt und Boxershorts lehnt er am Rahmen der Küchentür, das Haar verstrubbelt, mit den kleinen Schlafaugen, die ich so sehr an ihm mag.

»Was machst du da?«

»Nichts«, nuschele ich und falte schnell den Papierbogen zusammen.

»Komm ins Bett«, sagt er schlicht.

Wie war das? Ich weiß nicht, was mich mehr wundert: Diese versöhnlich klingende Aufforderung, oder dass wir gerade so viele Worte wechseln, wie seit drei Tagen nicht mehr.

Unauffällig schiebe ich meinen angefangenen Brief in die Schublade des Küchentischs. Dann stehe ich auf und gehe langsam auf ihn zu, bis ich direkt vor ihm stehe.

»Nick, es gibt so vieles …«, will ich beginnen, doch er legt mir einen Finger auf die Lippen.

»Im Reden bin ich nicht so gut. Aber vielleicht im Hinbiegen.«

Die Frage, was das heißen soll, beantwortet sich von selbst, als er mich hochhebt und ins Schlafzimmer trägt. Diesmal haben wir keinen Versöhnungssex. Diesmal machen wir Löffelchen. Und es gibt nichts auf der großen weiten Welt, was mich jetzt glücklicher machen könnte.

Wie sehr ich diese Wärme, diese Vertrautheit vermisst habe. Und die Zuversicht, mit der mir Nick ins Ohr flüstert: »Hey, Schatz, wir kriegen das hin. Wir haben doch uns. Ist wahrscheinlich normal, dass es momentan ein bisschen rumpelt, schließlich sind wir beide Anfänger in Sachen Zusammenleben. Aber eins ist mal klar: Ich möchte nie wieder ohne dich einschlafen.«

Kapitel 15

O TANNENBAUM

Mami, darf ich noch mal auf die Rodelbahn?« Zapplig tritt Benny von einem Fuß auf den anderen. »Nur ein Mal noch!«

Nick, der in seiner roten XXL-Daunenjacke wie eine coole Kreuzung aus Iron Man und Weihnachtsmann aussieht, sucht schon das Kleingeld zusammen.

»Okay, Großer, wir rodeln noch eine Runde.«

Wie lieb von ihm. Verzückt beobachte ich, wie die beiden beherzt eine Treppe neben der steilen Rampe hochkraxeln und sich oben in die Warteschlange einreihen. Meine beiden Männer: Nick mit seiner ruhigen Art, Benny aufgeregt hüpfend. Er ist so glücklich. Na, und seine Mami erst.

Sollten wir etwa noch mal die Kurve gekriegt haben, Nick und ich? Haarscharf? Denn: Nick ist tatsächlich über seinen Schatten gesprungen und mit zum Weihnachtsmarkt gekommen. Das rechne ich ihm hoch an. Seine abfälligen Kommentare über nerviges Geschubse und billigen Schund scheinen vorerst vergessen. Heute ist er wie ausgewechselt. Was immer er von diesem vorweihnachtlichen Familienausflug hält: Falls er sich insgeheim mopst, lässt er es sich nicht anmerken.

Was für ein wundervoller zweiter Advent.

Ringsum erstrahlen tausend Lichter. Dicht an dicht drängen sich Buden im Hexenhäuschenlook auf dem Rathausplatz, umweht vom Duft der Rostbratwürstchen und gebrannten Mandeln. Auf einer Eisfläche drehen Schlittschuhläufer ihre Runden, von einem Kinderkarussell mit bunt bemalten Pferdchen dudelt nostalgische Drehorgelmusik über die Menschenmassen hinweg, die sich durch die engen Gassen des Weihnachtsmarkts wälzen und in Trauben vor den Glühweinständen stehen. Ein Winterwonderland ganz nach meinem Geschmack.

Während die Erwachsenen insbesondere an alkoholischen Heißgetränken mit Weihnachtshintergrund interessiert sind, ist für größere Kinder die Rodelbahn die unbestrittene Hauptattraktion. Auf der spiegelglatten Eisbeschichtung sausen sie in großen schwarzen Gummireifen in den Abgrund, ein kurzes, aber spektakuläres Vergnügen, begleitet von viel Juchzen und Geschrei. Benny liebt es. Und Nick ist offenbar entschlossen, ihm und mir zuliebe in die Vaterrolle hineinzuwachsen. Wenn ich die beiden so sehe, wie sie da oben stehen und sich unterhalten, während sie darauf warten, dass sie dran sind, wird mir ganz warm ums Herz. Vielleicht haben wir ja doch noch eine Chance, als Familie zusammenzuwachsen. Und eigene, neue Rituale zu erfinden, an denen wir alle vier hängen.

»Schau mal«, sagt Alisa, die an einem – nicht besonders weihnachtlichen, aber offensichtlich sehr leckeren – Stück veganer Pizza knabbert, »ein upgecycelter Weihnachtsbaum. Konsequent getrennt, würde ich sagen.«

Na, so was. Neben dem riesigen lichtergeschmückten Weihnachtsbaum vor dem Rathaus hat ein Spaßvogel einen zweiten aufgestellt, der aus lauter leeren grünen Bierflaschen besteht.

»Konsequent getrennt ... wie meinst du das, Schätzchen?«

»Die mussten ja erst mal das Glas vom Alkohol trennen. War bestimmt lustig. Darf ich auch so einen Baum basteln?«

»Klar. In zehn Jahren, wenn du achtzehn bist.«

Als mein Handy surrt, klopft mein Herz ein bisschen schneller. Seit unserer Versöhnungsnacht, die zwar nichts geklärt, aber für ein störungsfreies Miteinander gesorgt hat, habe ich immer wieder kleine zuckersüße Nachrichten von Nick bekommen, so wie früher. Doch die Nachricht ist nicht von Nick. Unbekannte Nummer. Wer kann das sein?

> Hallo schöne Frau. Ist ein bisschen kompliziert, Sie zu erreichen, deshalb versuche ich es mal von meinem Job-Handy aus. Es täte mir leid, wenn ich Sie irgendwie verärgert hätte. Fakt ist: Sie gehen mir nicht aus dem Kopf. Muss an Ihnen liegen
> Könnten wir nicht vielleicht doch bei einem Glühwein unserem Faible für den Weihnachtszauber frönen? Herzlichst, Louis

Das ist ja ein starkes Stück. Gibt dieser Mann denn niemals auf? Natürlich reagiere ich nicht auf die Nachricht und blockiere auch die neue Nummer. Dennoch, ganz tief in mir drinnen, in einer sehr dunklen Zone meines Ichs, regt sich ein gewisses Bedauern.

»Wusstest du, dass ›O Tannenbaum‹ ursprünglich ein Lied über ein untreues Mädchen war?«, fragt Alisa.

Mannomann. Als hätte sie meine Gedanken erraten.

»Ich dachte, das wäre ein klassisches Weihnachtlied?«

»Nee, nee, die erste Version ging so.« Rasch schluckt Alisa einen Bissen Pizza runter und holt Luft:

»O Mägdelein, o Mägdelein,
wie falsch ist dein Gemüte.
Du schwurst mir Treu' in meinem Glück,
nun arm ich bin, gehst du zurück.«

Sie zieht ihr Näschen kraus. »Traurige Geschichte, oder?«

Bevor ich etwas erwidern kann, spüre ich jemanden ganz nah hinter mir. Viel zu nah. Da die Taschendiebdichte auf Weihnachtsmärkten bekanntlich extrem hoch ist, will ich schon abwehrend meine Ellenbogen rausfahren, als mir zwei Hände von hinten die Augen zuhalten.

»Na, wart ihr auch brav?«

»Nick!« Erleichtert lachend drehe ich mich um. »Du Schuft! Du hast mich erschreckt!«

»War nicht meine Absicht«, grinst er und streift meine Wange mit seinen warmen Lippen. »Da drüben an der Süßigkeitenbude gibt's übrigens echte Schufte, ähm, Spitzbuben.«

»Eins deiner Favorites, ich weiß.« Durch deine Mutter, höhö. »Wollen wir eine Tüte mitnehmen?«

»Ich will Pommes!«, ruft Benny dazwischen.

»Wo ist eigentlich Fiona mit den Jungs?«, fragt Alisa, die ihre Pizza unterdessen verputzt hat. »Wir wollten uns doch hier treffen.«

»*Hier* ist ein ziemlich schwammiger Begriff bei dem Gedränge.« Schützend legt Nick einen Arm um mich. »Wenn ich mich so umschaue, würde ich sagen, die Chancen stehen eins zu neunundneunzig, überhaupt jemanden zu treffen.«

»Unwahrscheinlich, aber möglich«, sagt da jemand. »Ich bin die eins.«

O nein. Bitte nicht. Mit seinem roten Schal und einer gleichfalls roten Weihnachtszipfelmütze steht plötzlich Louis Riedel vor uns. Verdammt. Nick nimmt seinen Arm von meiner Schulter. Fragend sieht er mich an.

»Was für ein irrer Zufall«, lisple ich.

»Wie man's nimmt.« Louis lächelt vage. »Im Grunde waren wir doch hier verabredet.«

»Quatsch«, knurre ich.

Aus dem Augenwinkel sehe ich, dass Nick weiß wie die Wand geworden ist. Seine schönen meergrünen Augen verengen sich zu Schießscharten, seine Kiefer mahlen. So ein Mist. Es hat Tage gedauert, bis wir wieder auf einem einigermaßen entspannten Level waren. Und nun kreuzt dieser Typ auf und macht binnen Sekunden alles wieder kaputt.

»Besprecht das am besten unter vier Augen«, sagt Nick gepresst. »Ich gehe mit den Kindern Spitzbuben kaufen.«

Und schon ist er mit Benny und Alisa im Gewühl verschwunden. Beklommen bleibe ich mit Louis Riedel zurück und stelle fest, dass man sich auch auf einer Massenveranstaltung sehr allein mit jemandem fühlen kann, den man am liebsten auf den Mond schießen würde.

»Na, was unternehmen wir jetzt?« Launig schaut Louis sich um. »Glühwein? Eierpunsch? Kakao mit Schuss?«

»Bei Ihnen hackt's wohl!«, explodiere ich. »Nichts für ungut, aber bevor ich Sie blockiert habe, habe ich Ihnen doch unmissverständlich mitgeteilt, dass ich jeden weiteren Kontakt ausschließe. Jetzt schreiben Sie mir weiter? Und stalken Sie mich auch noch? Und bringen mich in Teufels Küche, weil mein Freund natürlich denkt, da wäre was zwischen uns?«

»Uuuups.« Unverwandt lächelnd ruckelt er an seiner dämlichen Zipfelmütze herum. Von Schuldgefühlen keine Spur. »War nicht meine Absicht.«

»Ist Ihnen aber mit Bravour gelungen.«

»Wow, Sie sind ja mächtig in Fahrt. Ich dachte, so eine tolle Frau …«

Ich sehe nur noch Rot. Weihnachtszipfelmützenrot.

»Ihre Komplimente können Sie sich dahin stecken, wo nicht mal der Weihnachtsmann hinkommt«, raunze ich ihn an.

Dann drehe ich mich auf dem Absatz um und marschiere in die Richtung, in die Nick mit den Kindern verschwunden ist. In der Herzgegend spüre ich ein schmerzhaftes Ziehen. Mir ist zum Weinen zumute, die ersten Tränen rollen auch schon. Wieso musste es zu diesem blöden Zwischenfall kommen? Schickt mir das Schicksal etwa diesen Typen, um meine Beziehung zu sabotieren? Aber ich kann nicht ungeschehen machen, was passiert ist, und jetzt nur noch hoffen, dass Nick endlich bereit ist, mit mir über die ganze Sache zu sprechen.

Es dauert einige Minuten, bis ich die drei gefunden habe, Nicks roter Jacke sei Dank. Sie stehen vor einer Bude mit Zuckerstangen, gebrannten Mandeln und Weihnachtsgebäck. Als Nick mich sieht, erstarren seine Gesichtszüge.

»Ich habe genug, lass uns gehen.«

»Nicht jetzt schon, wir müssen noch den Weihnachtsbaum kaufen«, widerspricht Alisa. »Das machen wir immer am zweiten Advent.«

Nick zieht eine Grimasse.

»Warum so früh? Bis Weihnachten sind es noch knapp zwei Wochen.«

»Weil wir das immer so machen«, erklärt Alisa trotzig.

»Dann machen wir es dieses Jahr eben mal anders, junge Dame.«

»Du bist nicht mein Vater!«, fährt sie ihn plötzlich mit einer Vehemenz an, die völlig untypisch für Alisa ist. »Du hast mir überhaupt gar nichts zu sagen!«

»Und du bist voll gemein, Alisa«, kräht Benny. »Nick ist voll lieb!«

»Nein, er neigt zu präpotenter Ignoranz.«

Ogottogottogott. Mir wird siedend heiß.

Bei einer Botoxbehandlung wäre dies vermutlich der Moment, in dem man überlegt, ob das Ganze ein großer Fehler war. Es ist schmerzhaft, es ist unangenehm, man hat das Gefühl, komplett die Kontrolle zu verlieren. Doch manche Dinge entwickeln sich halt selbsttätig. Erst latscht Louis durch mein fragiles Beziehungsleben wie ein Elefant durch den Porzellanladen, nun macht auch noch Alisa Trouble. Und zwar an einer Stelle, wo es richtig wehtut: Nicks Rolle in unserer frisch zusammengewürfelten Patchworkfamilie.

Bis jetzt war es nur ein unterschwelliger Konflikt. Eine Art Kräftemessen. So wie am Nikolaustag, als Nick Alisa zu verstehen gab, sie solle kein langes Gedicht aufsagen. Eine Aufforderung, über die sie sich völlig selbstverständlich hinwegsetzte. Nicht nur, weil sie ein eigenwilliges Mädchen ist. Sicher, Alisa ist tough, sie ist selbstbewusst. Doch in diesem Fall es ging es um etwas anderes: um die Frage, ob Nick so etwas wie eine dominierende Rolle in unserer Familie beanspruchen darf.

Für Alisa ist das keine Frage. Sie duldet Nick, aber sie akzeptiert ihn nicht als Bestimmer.

»Wir sollten uns alle erst mal wieder beruhigen«, versuche ich, die Wogen zu glätten, und halte Nick, der schon im Begriff ist zu gehen, am Ärmel seiner roten Jacke fest. »Kinder, wir haben eure Sicht der Dinge gehört. Jetzt ist Nick dran.«

»Ich?« Unwillig macht er sich los. »Ich habe euch nichts zu sagen.«

»Falsch«, wird er von Alisa korrigiert. »Es muss heißen: Du hast bei uns nicht das Sagen.«

Ein weiterer offener Affront. Ich bin so geschockt, dass ich eine Schrecksekunde brauche, bevor ich reagieren kann.

»Nicht in diesem Ton, Alisa! Wir sind eine Familie, da geht man respektvoll miteinander um!«

»Wieso? Ich spreche nur Tatsachen aus.«

»Alisa hat recht«, brummt Nick. »So wie ich es sehe, sind

wir keine Familie. Nur eine WG, in der ich offenbar der unbeliebteste und überflüssigste Mitbewohner bin.«

»Das würde ich gern ein andermal mit dir besprechen«, erwidere ich, während abwechselnd glühend heiße und eiskalte Schauer über meinen Rücken peitschen. »Zunächst würde ich dir gern erklären, warum wir den Weihnachtsbaum immer schon am zweiten Advent kaufen.«

Dafür wäre allerdings eine etwas längere Erklärung nötig. Ob Nick die Geduld dafür aufbringt?

Für Fionas Eltern gehörte es von jeher zur Tradition, dass man den Tannenbaum lange vor Heiligabend aufstellt. Liebevoll wurde er mit allem behängt, was die Weihnachtskisten hergaben. Einen speziellen Designer-Ehrgeiz gab es nicht. Mehr ist mehr, hieß die Devise. Anschließend besuchte man sich gegenseitig im Freundeskreis und »besang« den Baum. Eine hübsche Umschreibung dafür, dass man Weihnachten einfach nach vorn verlängerte, um mehr davon zu haben.

Diese Tradition führt Fiona weiter, und ich finde sie so schön, dass ich sie übernommen habe. Wäre doch schade, nur an den Weihnachtstagen in den Genuss des magischen Lichterglanzes zu kommen. Durch das »Besingen« vervielfacht sich die Weihnachtsvorfreude, wie könnte ich also darauf verzichten?

Aber zunächst muss ein Baum ausgesucht werden. Auch so ein schönes Ritual, sozusagen die Herzkammer der Weihnachtsvorbereitungen. Und da ich vieles habe: Probleme, Zweifel, Stress, nur eines gar nicht, nämlich Zeit, liegt es nahe, den Weihnachtsmarktbummel mit einem Besuch beim Tannenbaumverkäufer nebenan zu verbinden.

Für meine Kinder ist es ebenfalls zur Tradition geworden, am zweiten Advent den Baum zu besorgen. Bis Weihnachten dürfen sie dann immer mal wieder ihre kleinen Freunde mitbringen, um den Nachmittag gemeinsam am geschmückten Baum zu verbringen, Plätzchen zu knabbern und natürlich Weihnachtslieder zu singen. Das sind ganz besondere Momente in der Hektik der Adventszeit, die beide sehr genießen. Umso erbitterter beharrt Alisa nun darauf, dass es dabei bleibt, wo sich doch schon unsere familiäre Situation so fundamental geändert hat.

Nick kämpft mit sich, das sehe ich ihm an der Nasenspitze an. Schließlich gibt er klein bei.

»Okay, dann holen wir eben den verdammten Baum. Aber solche Dinge sollten wir in Zukunft gemeinsam besprechen, Nele. Und zwar vorher. Mittlerweile fühle ich mich völlig erdrückt von euren ganzen Traditionen und Ritualen.«

Betroffen schaue ich ihn an. Er hat ja recht: Als Quereinsteiger in unserer Familie – denn ein Quereinsteiger ist er, sorry – sieht er sich plötzlich mit allerlei vorweihnachtlichen Gewohnheiten konfrontiert, die ihm völlig fremd zu sein scheinen. Und wieder frage ich mich, warum er derart allergisch darauf reagiert. Das muss ich unbedingt herausfinden, bei einem Gespräch, in dem wir vielleicht seine Abneigung gegen fast alles, was mit Weihnachten zu tun hat, klären können.

»Nele!« Mit ihren drei Jungs im Schlepptau drängelt sich

Fiona zu uns durch. »Entschuldige, wir haben es nicht eher geschafft. Und? Hattet ihr Spaß?«

»Einen Mordsspaß«, antwortet Alisa mit dünnen Lippen.

»Toll, dass ihr noch gekommen seid.« Ich umarme Fiona so fest, wie ich kann. Sie ist ja auch mein Anker, mein Rettungsring, mein Fels in der Brandung. »Ohne euch wäre es nur halb so schön.«

Nick verdreht die Augen, als wollte er sagen: Mit mir ist es wohl nicht schön genug, was?

»Was ist los?«, flüstert mir Fiona ins Ohr.

»Erzähle ich dir ein andermal. Wir wollten gerade rüber zum Weihnachtsbaumverkäufer. Kommt ihr mit?«

»Natürlich. Ist doch ein großer Moment.«

So gut wir können, schlängeln wir uns durch die Menschenmassen, schlagen Haken, verlieren kurz Benny, finden ihn glücklich wieder, bahnen uns weiter einen Weg, bis wir den Weihnachtsbaummarkt erreicht haben. Sofort schlägt mein Herz höher. Es gibt Tannen jeder Form und Größe, und jede wartet nur darauf, festlich geschmückt zu werden, jede ist ein Versprechen auf das ultimative Weihnachtsgefühl. Besonders ein Baum sticht mir ins Auge.

»Sieh doch, Nick, die Nordmanntanne da drüben, die ist ein wahres Prachtstück.«

»Du meinst doch wohl nicht das riesige Teil mit den ausladenden Ästen? Der Baum ist bestimmt zweieinhalb Meter hoch!«

»Ähm, ja, doch, schließlich soll die Tanne ja bis zur Zimmerdecke reichen.«

»Das macht Nele immer so«, werde ich von Fiona unterstützt.

Nick runzelt die Stirn. Okay, klar, offenbar fühlt er sich schon wieder überrollt.

»Ich würde das Ding da vorn nehmen«, sagt er sehr bestimmt und deutet auf einen kläglichen Winzling mit struppigen Zweigen und einer potthässlichen kahlen Spitze. »Das reicht doch völlig.«

Fiona entgleisen die Gesichtszüge. Sie wechselt einen Blick mit mir, in dem Besorgnis und Mitgefühl liegen. Schließlich kennt sie meine Vorlieben.

Ich hätte es kommen sehen müssen: Beim Tannenbaum scheiden sich die Geister. Immer schon. Schlank und hochgewachsen? Oder klein und knuffig? Edel dekoriert oder lustig bunt? Echte Kerzen oder elektrifizierte? Und schließlich: Lametta – ja oder nein? Das sind Schicksalsfragen für alle, die Weihnachten wirklich lieben.

Ich liebe Weihnachten. Ich liebe Nick. Leider passt das momentan so gar nicht zusammen.

»Bitte, Schatz, nicht diese mickrige Tanne«, beschwöre ich ihn. »Das wäre zu traurig. Ich glaube, sie nadelt auch schon. Lass uns was kräftig Gewachsenes nehmen, so einen schönen stolzen Baum, der uns den Zauber der Weihnacht beschert.«

»Genau, so ein Baum muss liebevoll ausgesucht werden, er muss der Schönste, Beste weit und breit sein«, bekräftigt Fiona.

»Da ich hier sowieso nichts zu melden habe, sollte ich besser mal gehen«, brummt Nick. »Bin noch mit meinen Kumpels verabredet. Du kannst dir den Baum deiner Wahl ja liefern lassen, Nele. Ich bin raus.«

»Na, endlich«, strahlt Alisa.

Kapitel 16

FRÖHLICHE WEIHNACHT ÜBERALL

Heute ist ein schwarzer Tag. Rabenschwarz.

Obwohl erst morgen Heiligabend ist, sind Nicks Eltern bereits angereist. Vorzeitig, um uns bei der Vorbereitung zu unterstützen, falls es irgendwo haken sollte, wie Gabriele sich auszudrücken beliebt. Was konkret bedeutet, dass sie die Nase rümpft, seit sie unsere Wohnung betreten hat.

Der Flur ist ihr zu dunkel, zu vollgestopft, zu unordentlich. Die Küche findet sie unmöglich eingerichtet, von der falschen Anordnung der Geräte bis zum angeblich unpraktischen Küchentisch und der völlig überladenen Deko. Im Übrigen sei es bei uns nicht so picobello aufgeräumt, wie man es erwarten dürfe. Kunststück. Ich habe ja auch noch nicht heute mit ihr gerechnet. Sondern morgen. Hätte die Sache aber vermutlich nicht besser gemacht, sie lässt ja ohnehin kein gutes Haar an unserer Wohnung.

Nick schweigt dazu. Klar. Seit dem zweiten Advent ist eine neuerliche Eiszeit zwischen uns angebrochen. Wir reden nur das Nötigste, sämtliche Probleme werden weiträumig umfahren, so wie ich es in letzter Zeit von ihm kenne.

Doch die Hoffnung stirbt zuletzt. Ich liebe ihn ja. Ich liebe den Nick, in den ich mich mal verliebt habe. Deshalb kann und will ich mich nicht damit abfinden, dass ausgerechnet meine Lieblingsjahreszeit zum Dauerkrisengebiet unserer Beziehung geworden ist. Nur: Wie kämpfen wir uns wieder da raus? Vorerst setze ich all meine Hoffnung auf ein Weihnachtsfest, das den alten, den liebenswerten Nick wieder zum Vorschein bringt.

Spricht man nicht vom Fest der Liebe? Ist das unsere Chance?

Ohnehin hätte mich eine anspruchsvolle Aussprache so kurz vor Weihnachten überfordert. Hinter mir liegt ein Endspurt der Sonderklasse. Unter anderem habe ich die vierzig Tiegel Creme für Frau von Oldenburg hergestellt, diverse Weihnachtsfeiern mit Alisa und Benny absolviert, noch mehr Plätzchen gebacken, noch mehr Wichtelgeschenke gebastelt, Kundinnen im Akkord behandelt.

Eigentlich bin ich urlaubsreif. Doch nun muss ich noch die letzte Hürde nehmen: Nicks Eltern.

»Liebes«, so nennt mich Gabriele neuerdings, »hier muss sich einiges ändern.«

Wenn die wüsste, wie recht sie damit hat. Nur ganz anders, als sie denkt.

»Tut das weh, so ein Helm?«, fragt Benny, der Gabriele und ihren Mann Klaus-Peter anstarrt, als sei ein Trupp Außerirdischer gelandet.

»Welcher Helm, Junge?«

Ich unterdrücke ein belustigtes Lächeln, weil ich weiß, was

Benny meint. Obwohl Gabriele erst Mitte sechzig ist, trägt sie eine altmodische Frisur à la Queen Elisabeth, Gott hab sie selig: ein helmartiges Gebilde in Silbergrau, mit Tonnen von Haarspray fixiert. Auch ihr Outfit hat ein Gepräge, wie man es vom englischen Adel kennt: karierter knielanger Rock, hellblaues Twinset, zweireihige Perlenkette. Ihr scharf geschnittenes Gesicht mit der etwas spitzen Nase ist blass gepudert, die Lippen sind in einem aggressiven Magentaton geschminkt.

Klaus-Peter kommt unauffälliger rüber. In jeder Hinsicht. Optisch ähnelt er Nick, in einer etwas kleineren Version. Die gleichen grünen Augen, die gleichen markanten Gesichtszüge, wenn auch mit einem resignativen Zug um den Mund. Die graue Hose und der gleichfalls graue Pullover unterstreichen seine Rolle in dieser Ehe: Er bleibt im Hintergrund. Seine Frau hat, metaphorisch gesprochen, die Hosen an.

Außerdem trägt Klaus-Peter Schuhe mit Klettverschluss. Muss man mehr sagen?

»Es gibt viel zu tun«, seufzt Gabriele, während sie mit der flachen Hand ein paar Krümel vom Küchentisch fegt und in den Abfalleimer befördert. »Vertrau mir, Liebes, ich weiß, wie man alles auf Vordermann bringt. Wenn ich hier fertig bin, wirst du die Wohnung nicht mehr wiedererkennen.«

Das befürchte ich allerdings auch. Ich werde immer kleiner, sie immer größer, so extrem plustert sie sich auf. Was ist als Nächstes dran? Das Wohnzimmer. Halleluja.

»Um Gottes willen, was für ein schrecklich monströser Weihnachtsbaum, der erdrückt einen ja«, ledert Gabriele los, als sie den Raum in Augenschein nimmt. »Was habt ihr euch bloß dabei gedacht? Und dann dieser Tannenbaumschmuck. Viel zu bunt, viel zu unübersichtlich. Ich kann gar kein Konzept erkennen. Ton in Ton, Grün oder Silber, das wäre elegant.«

»Wir mögen lieber fröhliche Weihnachtsbäume«, entgegnet Alisa, die etwas Zeit gebraucht hat, ihre Sprache wiederzufinden. »Ein ästhetisches Konzept ist daher überflüssig. Wussten Sie übrigens, dass so ein Baum durchschnittlich zweihunderttausend Nadeln hat? Und dass in Deutschland pro Jahr etwa achtundzwanzig Millionen Weihnachtsbäume aufgestellt werden?«

Gabriele zieht eine Miene, die mich lebhaft an Fionas Hä-Gesicht erinnert.

»Alisa ist immer so«, sagt Nick.

Es klingt halb amüsiert, halb vorwurfsvoll. Auch darüber müssen wir dringend reden. Die Atmosphäre zwischen den beiden war nie sonderlich herzlich, mittlerweile ist sie deutlich angespannt.

»Nun, ich habe vorsichtshalber Christbaumschmuck von zu Hause mitgebracht«, erklärt Gabriele. »Wir kriegen das hin. Ich helfe immer gern.« Sie schaut auf ihre Armbanduhr. »Schon sechs. Was gibt es eigentlich zum Abendessen?«

Eine Prüfungsfrage, so viel steht fest. Und eine fiese Frage. Sie weiß ganz genau, dass ich nicht auf diesen vorzeitigen Überraschungsbesuch eingerichtet bin.

»Entschuldigung, der heutige Tag war angefüllt mit Erledigungen«, verteidige ich mich, weil ich mich jetzt schon angegriffen fühle. »Aber wo ihr nun mal da seid, müssen wir eben improvisieren. Was haltet ihr davon, wenn ich was vom Chinesen hole?«

»Vom Chinesen.«

Gabriele spuckt die Worte aus, als hätte ich vorgeschlagen, in irgendwelchen Mülltonnen nach Essbarem zu wühlen.

»Ganz in der Nähe gibt es ein sehr gutes Restaurant«, sagt Nick, der schon die ganze Zeit beflissen um seine Mutter herumscharwenzelt und ihr jetzt ein Kissen auf dem Sofa zurechtrückt. »Setz dich doch erst mal. Vielleicht haben wir ja auch noch was Leckeres im Kühlfach.«

Alisa, die ein Sweatshirt mit dem Aufdruck *You want a cute girl? Buy a Barbie* trägt, spielt mit ihren Zöpfen, die ich ihr heute geflochten habe.

»Im Kühlfach liegen nur Eiswürfel. Die brauchen wir morgen für unseren Welcome-Drink.«

»Soso.« Gabriele zieht eine Augenbraue hoch. »Ich hatte eher an einen schönen heißen Weihnachtspunsch gedacht. Nun, kein Problem. Klaus-Peter und ich sind auf alles vorbereitet, das ist unsere Stärke. Deshalb habe ich auch in weiser Voraussicht ein Kalbsragout gekocht und mitgebracht.«

»Alisa isst kein Fleisch«, piepst Benny. »Schon gar keine Babys.«

Selten war es so still in unserem Wohnzimmer.

»Dürfte ich dann mal um euer Gehör bitten?«, hebt Nick mit etwas an, das offenbar eine Rede werden soll. »Die Liebe ist ja so eine Sache. Sie ist schön, sie ist kompliziert, sie ist eine Wundertüte. Doch für jeden Mann stellt sich irgendwann die Frage, was er mit dem Rest seines Lebens anfangen will.«

O Gott. Was wird das?

»Ich habe darüber oft mit dir gesprochen, Mutter«, fährt er fort und nickt Gabriele zu, die unter ihrem blassen Puder noch etwas blasser geworden ist. »Seit Jahren ermahnst du mich, Nägel mit Köpfen zu machen. Eine Familie zu gründen. Ein geordnetes Leben zu führen.«

»Äh, ja, aber in diesem speziellen Fall …«, will sie intervenieren, doch Nick spricht einfach weiter.

»Meiner Erfahrung nach läuft es in Beziehungen mal besser, mal schlechter. Zurzeit schlechter, das gebe ich offen zu. Vielleicht braucht es eine große Geste, um die Dinge klar zu ziehen. Deshalb …«

Ach, du grüne Neune! Er kniet sich vor mich hin! Wie gelähmt schaue ich auf ihn hinunter. Wenn jetzt das kommt, wovon ich glaube, dass es kommt, hat er endgültig den Vogel abgeschossen. Zwei Wochen Funkstille, zwei Wochen schlechte Stimmung ohne Aussprache, und jetzt – das?

»Nele.« Er schluckt. »Im Beisein meiner Eltern, was mir sehr viel bedeutet, und im Beisein deiner Kinder, die mir ebenfalls viel bedeuten, frage ich dich: Willst du meine Frau werden?«

Nur mit aller mir zur Verfügung stehenden Willenskraft schaffe ich es, einen hysterischen Lachanfall zu unterdrücken. Ernsthaft? Ein Heiratsantrag? Für eine Frau, die er seit zwei Wochen nicht mal mit dem Popo anguckt? Ohne Ring, ohne Rosen, dafür mit seiner Mutter garniert, der er offensichtlich beweisen will, dass er *Nägel mit Köpfen machen* und ein *geordnetes Leben führen* kann?

»Mum, ich glaube, Nick wartet auf eine Antwort«, sagt Alisa.

»Nur nichts überstürzen«, fistelt Gabriele, der das nackte Entsetzen ins Gesicht geschrieben ist.

»Vielen Dank, Nick.« Ich reiche ihm meine Hand, damit er aufstehen kann. »Eine sehr romantische Idee, so ein Antrag zwischen Tür und Angel, basierend auf der Diagnose, dass es bei uns zurzeit schlecht läuft. Wie du dir leicht denken kannst, lautet meine Antwort nein.«

Gabriele schreit auf, und ich bin mir zu hundert Prozent sicher, dass es ein Schrei der Erleichterung ist. Ihr Mann guckt wie immer apathisch aus der Wäsche, Alisa und Benny schauen uns zu, wie Kinder eine Netflix-Serie für Erwachsene anschauen, deren tieferer Sinn sich ihnen nicht erschließt.

»Du sagst – nein?«, wiederholt Nick ungläubig.

»Was hast du denn erwartet? Deckel drauf, ab zum Standesamt, und alles ist gut?«

»Ich hab Hunger«, beschwert sich Benny. »Wann gibt's endlich dieses Raggu, oder wie das heißt?«

»Wir packen erst mal aus.« Gabriele schießt so schnell vom Sofa hoch, als wollte sie verhindern, dass ich es mir doch noch anders überlege. »Nick, bist du so lieb und zeigst mir das Schlafzimmer?«

Wahnsinn. So geht es also in seiner Familie zu: Business as usual, Klappe zu, Affe tot. Gerade hat sich eine Art Minidrama ereignet, doch das wird einfach wegignoriert.

»Sehr gern zeige ich dir das Schlafzimmer, Mutter.« Nick vermeidet meinen Blick. »Ihr werdet euch bei uns sehr wohlfühlen.«

Unter meinem linken Auge beginnt ein Nerv zu zucken. Das ist mal wieder typisch. Ich hatte eine andere Lösung vorgeschlagen: Alisa und Benny schlafen bei uns im großen Bett, Nicks Eltern beziehen das Kinderzimmer, in dem zwei normal große Betten stehen.

»Schatz.« Ich hebe eine Hand. »Könnten wir mal kurz in die Küche …?«

»Ich komme mit!«, ruft Gabriele. »Dann kann ich schon mal nach einem geeigneten Topf für das Kalbsragout suchen!«

»Nein, ich würde gern Nick sprechen, allein.«

»Wie du willst«, erwidert sie beleidigt wie die sprichwörtliche Leberwurst. »Wenn ihr was zu besprechen habt, nur zu. Ich will mich ja nicht in euer Beziehungsleben einmischen.«

Nee. Überhaupt nicht.

»Sind Sie zufälligerweise mit dem Begriff der narzisstischen Triangulierung vertraut?«, fragt Alisa mit einem derart unschuldigen Lächeln, dass ich am liebsten Beifall klatschen würde.

»Dieses Kind kommt mir reichlich überspannt vor«, wendet sich Gabriele an ihren Mann. »Hol doch bitte unsere Koffer aus dem Auto, ja? Und vergiss nicht die Kartons mit dem Weihnachtsschmuck und meine Kühltasche mit dem Ragout.«

»Bin schon unterwegs.«

Ganz der untertänige Ehemann, trottet er mit hängenden Schultern davon.

»Man nennt das toxisches Matriarchat«, stellt Alisa fachkundig fest. »Wussten Sie das?«

Gabriele, die inzwischen wieder auf dem Sofa Platz genommen hat und meine Kissen inspiziert, als befürchte sie, es könnten sich Bettwanzen darin finden, hebt den Kopf.

»So naseweise kleine Mädchen mag keiner. Wusstest du *das*?«

Boaaahhhh. Neeeee.

»Liebe Gabriele.« Instinktiv stelle ich mich auf die Zehenspitzen, um etwas größer zu wirken. »Du kannst dich gern auf mich einschießen, aber sei so gut, und lass meine Kinder in Ruhe.«

Dann ziehe ich Nick an der Hand in Richtung Küche, obwohl ich zu gern gewusst hätte, wie der Disput zwischen Alisa und Gabriele weitergeht. Kein Zweifel, meine Tochter legt es auf ein intellektuelles Duell an. Letztlich hat sie es schon gewonnen, weil Gabriele quasi unbewaffnet ist.

Leise schließe ich die Küchentür hinter uns, hocke mich mit einer Pobacke auf den von Gabriele monierten Küchentisch und warte, dass Nick sich zu dem Blödsinn von Heiratsantrag äußert.

»Du hast mich gerade sehr verletzt«, sagt er mit einer Grabesstimme, die aus den Tiefen seiner Eingeweide zu kommen scheint.

»Du mich auch.«

»Wieso?«

»*Nägel mit Köpfen machen,* Nick? Ein *geordnetes Leben führen*? Hältst du das für einen romantischen Antrag? Mal ganz zu schweigen davon, dass wir in einer tiefen Krise stecken?.«

»Echt? Ich dachte …«

»Falsch gedacht.« Unruhig zupple ich am Reißverschluss meines Hoodies herum. »Nick, Schatz, ich habe unsere Liebe immer als riesengroßes Geschenk betrachtet. Doch wir müssen es auch auspacken: Etwas daraus machen, das nicht nur im siebten Himmel schwebt, sondern Bodenhaftung hat. Doch dafür müssen wir etwas tun. Auch du. Unsere Konflikte einfach aussitzen, das haut nicht hin. Du bist der Mann meines Lebens, das weißt du. Und genau deshalb möchte ich, dass wir unsere Liebe leben, Tag für Tag, auch wenn mal stressige Tage dabei sind.«

Er schweigt. Wieder mal.

»Nächstes Thema, Nick. Wir waren uns doch einig, dass deine Eltern im Kinderzimmer nächtigen.«

»Du warst dir einig«, grummelt er. »Ich habe keineswegs vor, mit Alisa und Benny in einem Bett zu schlafen. Das ist etwas sehr Intimes, finde ich, dafür bin ich noch nicht vertraut genug mit deinen Kindern.«

»Abgesehen davon, dass das Bett breit genug für uns alle sein dürfte, ist Co-Sleeping ein verbreitetes Konzept«, bringe ich ihn auf den entsprechenden Wissensstand. »Viele Familien praktizieren das. Weil's so kuschelig ist und das emotionale Bonding fördert.«

»Womit sich bei den Eltern dann wohl jede Erotik erledigt hätte«, knurrt Nick. »Hammerkonzept.«

»Seit dem zweiten Advent ist doch sowieso tote Hose bei uns.« Nervös fange ich an, mit dem erloschenen Docht einer meiner Duftkerzen zu spielen. »Oder hattest du für Weihnachten eine Extraeinlage geplant?«

»Was ich plane, was ich möchte, was mir lieber ist, spielt doch kein Klavier«, stößt er übellaunig hervor.

»Das ist nicht wahr.« Der Docht bricht ab. Egal. »Ich finde es nur wahnsinnig schwierig, mich mit dir abzustimmen, wenn du dichtmachst, sobald es knifflig wird. Außerdem, falls du's noch nicht gemerkt hast: Momentan haben wir beide nichts zu sagen, weil deine Mutter sagt, wo's langgeht.«

Betroffen schaut er mich an. Es ist der erste echte Blickwechsel seit Wochen.

»Das meinst du jetzt nicht wirklich.«

»Ich spreche von Tatsachen, Nick. Hallo? Weihnachtsbaumschmuck? Kalbsragout? Was hat sie noch mitgebracht? Die ideale Frau für ihren über alles geliebten Sohn?«

»Wer weiß«, murmelt er.

»Wer? Weiß?« Ich fasse mir an den Kopf. Vor meinen Augen tanzen glühende Punkte. »Das ist alles, was dir dazu einfällt?«

Ein Klopfen unterbricht uns.

»Nick? Nele, Liebes? Was ist da drin los? Kann ich euch irgendwie helfen? Wäre nicht das erste Mal, dass ich einen gesunden Einfluss auf Nicks Beziehungen habe.«

»Ja, mit dem ungesunden Resultat, dass er bis Ende dreißig Single war!«, rufe ich erbittert. »Und wenn mich nicht alles täuscht, ist er das bald auch wieder!«

»So redest du nicht mit mir, Liebes!«

Das *Liebes* kann sie sich von mir aus in die Haare schmieren. Ich bin durch. Komplett. Jeder hat sein Päckchen zu tragen, und ich bin wahrlich nicht aus Zucker. Aber was zu viel ist, ist zu viel. Mein ganzer Körper bebt, die ersten Tränen kündigen sich an.

»Viel Spaß noch«, flüstere ich mühsam beherrscht, um nicht loszuschluchzen. »Ich bin dann mal weg.«

Als ich die Küchentür öffne, weicht Gabriele erschrocken zurück. Sie hat gelauscht, was sonst. Ich will nur noch nach draußen, raus aus der Wohnung, doch der Flur ist versperrt mit Klaus-Peter und so viel Gepäck, als wollten Nicks Eltern hier einziehen. Drei Koffer, mehrere Kartons und eine unterirdisch hässliche Kühltasche mit grauem Paisleymuster starren mich an.

Ich starre nicht lange zurück. Mehr stolpernd als laufend steuere ich das Badezimmer an. Dort schließe ich die Tür ab, zweimal, und sinke auf den Toilettendeckel.

Wenn doch wenigstens Fiona da wäre. Die würde Gabriele mit irgendeinem kessen Spruch abfedern. Doch ich bin ganz allein. Ein Satz von Nick kommt mir in den Sinn: In dieser Familie steht es immer eins zu drei. Jetzt hat sich die Situation gewaltig verändert: eins zu drei für mich. Die Kinder zählen nicht. Ich bin der Übermacht von drei Erwachsenen ausgeliefert, die mir die Luft zum Atmen nehmen.

Immer noch am ganzen Körper bebend, erhebe ich mich und reiße das Badezimmerfenster auf. Wie ein wildes Tier stürzt die Kälte auf mich ein. Gut so. Mir ist heiß, als hätte ich Fieber. Dann kommen die Tränen.

Schluchzend betrachte ich die Aussicht auf den verschneiten Garten hinter dem Haus. Am Nachmittag haben die Kinder einen upgecycelten Schneemann gebaut, mit einer leeren

Küchenrolle als Nase und einem Mund aus Kronkorken. Für die Augen haben sie die Deckel von Schraubverschlüssen verwendet. Meine wundervollen Kinder. Ich müsste sie vor der Nick-Bagage retten, habe aber nicht die Kraft dazu. Alles, was ich fertigbringe, ist, zurück zum Toilettendeckel zu wanken und mich darauf niederzulassen.

Unterdessen hat jemand begonnen, an die Tür zu hämmern. Na, wer wohl.

»Nele? Was machst du so lange da drin? Hallo?« Gabrieles diamantscharfer Sopran rutscht noch eine Oktave höher. »Was hast du denn?«

Kapitel 17

DO THEY KNOW IT'S CHRISTMAS?

Wie lange bin ich eigentlich schon im Badezimmer? Minuten? Stunden? Ich habe jedes Zeitgefühl verloren. Mein Handy, das meine Uhr ist, mein Wecker, mein Ratgeber und mein Spielgefährte, vor allem aber meine Nabelschnur zur Welt da draußen, liegt unerreichbar in der Küche.

Der Heulkrampf war nur eine Frage der Zeit. Es ist einfach alles danebengegangen. Das Weihnachtsfeeling. Der Eiertanz, alle, wirklich alle Ansprüche zu erfüllen, nicht zuletzt der Versuch, meine Beziehung zu retten. Ich wollte Nick zurück. Meinen Nick. Doch allmählich beschleicht mich das Gefühl, dass die einzige Person, die ich zurückhaben will, ich selber bin: Nele Tremper, eine Frau mit eigenen Ideen und eigenen Überzeugungen, die sich nicht dauernd rechtfertigen will für das, was sie ist.

Soll doch jeder seins machen. Nur nicht mit mir. Wenn ich ein klares Nein äußere zu all dem, was Nick und seine Eltern von mir verlangen, ist das ein Ja für mich selbst.

Guter Gedanke. Einer, der mich innerlich aufrichtet. Nur mit dem Schönheitsfehler, dass Nick nicht darin vorkommt.

Komisch. Auf einmal ist es seltsam still in der Wohnung. Verdächtig still, so als ob sich die ganze Truppe verpieselt hätte. Auf Zehenspitzen schleiche ich zur Tür und lege ein Ohr ans Türblatt. Als ich Schritte höre, unverkennbar Nicks Schritte, husche ich zum Toilettensitz zurück und schlinge meine Arme um die Knie. Er will mich doch wohl nicht mit Werkzeug und Gewalt aus dem Badezimmer holen?

Ein Zettel wird unter der Tür durchgeschoben. Ein DIN-A4-Blatt, eng beschrieben.

Eigentlich wollte ich ja meine Kommunikationsverweigerung durchziehen. Doch nun bin ich neugierig geworden. Mit zitternden Fingern hebe ich den Zettel auf.

Es ist Nicks Handschrift. Das erkenne ich, obwohl ich sie selten zu Gesicht bekommen habe. Allenfalls seine Unterschrift auf unserem Mietvertrag, einträchtig neben meiner. Oder ab und an ein Post-it-Zettel am Proteinjoghurt im Kühlschrank: *Wichtig für meinen Muskelaufbau* ☺ *Bitte nicht aufessen, Nick*

Ansonsten schreiben wir uns WhatsApps.

Nele, Nele, Nele, beginnt der Brief.

Denn ein Brief ist es, zweifelsohne, geschrieben mit einem lila Stift aus der Bastelschatztruhe. Aber wenn er schon so anfängt, mit dieser ungeduldig kopfschüttelnden Wiederholung meines Namens, kann nichts Gutes drinstehen. Soll ich überhaupt weiterlesen?

Meine Neugier siegt.

Nele, Nele, Nele, was bin ich für ein Idiot.

Sekunde mal. Hab ich was mit den Augen? Liegt es an dem lila Stift? Oder kann ich Nicks komische Handschrift nicht richtig entziffern?

Weiterlesen, Nele.

Bis vor einer halben Stunde habe ich die Welt nicht mehr verstanden. Dich schon gar nicht. Aber dann suchte ich in der Küche nach einem Korkenzieher, weil meine Mutter nach diesem ganzen Debakel ein Glas Wein trinken wollte. Den Korkenzieher habe ich nicht gefunden (was bei Deinem sehr speziellen Ordnungssinn nicht weiter überrascht, hoho). Dafür fand ich in der Küchentischschublade ein Blatt Papier. Das hast Du dort versteckt, als ich neulich nachts in die Küche kam. Du erinnerst Dich? Ich hatte das total vergessen. Eben, als ich das Blatt fand, fiel's mir wieder ein.

Es ist ein angefangener Brief. An mich. War es indiskret, ihn zu lesen? Nein, das Beste, was ich hätte tun können.

Nele, liebe Nele, ich bin so ein Idiot. Sagte ich das schon? Egal, doppelt hält besser (was auch auf uns passt, aber dazu gleich mehr). Als ich zu lesen begann, fiel ich aus allen Wolken. Dann hatte ich plötzlich Pipi in den Augen. Ja, ich war wirklich zu Tränen gerührt. Zum ersten Mal begriff ich, was los ist. Wie sehr Du leidest. Warum es bei uns so furchtbar klemmt. Am Wichtigsten aber: Mir sind ein paar Dinge klar geworden.

Erstens: dass ich Dich liebe. Zweitens: dass ich Dich noch mehr liebe. Drittens, dass ich komplett ahnungslos in diese neue Phase unserer Beziehung gesemmelt bin.

So wie jeder nicht mehr ganz taufrische Mann hatte ich natürlich vorher schon Beziehungen. Aber was es bedeutet, mit einer Frau und zwei Kindern zusammenzuleben, daran hatte ich keinen Gedanken verschwendet, bevor wir hier einzogen. Ich dachte – blöd wie ich bin –, dass Liebe ausreicht, um alle Probleme aus der Welt zu schaffen. Schwerer Fehler.

Mittlerweile weiß ich, dass Liebe nur die Basis ist, auf der man alles Weitere aufbauen muss. Dafür sollte man allerdings was tun – so wie Du es mir auch eben in der Küche gesagt hast. Stattdessen habe ich versucht, irgendwie mein Ding durchzuziehen. Nenn es Selbstbehauptung, nenn es Ego, nenn es pure Doofheit. Ist ja nicht so einfach, wenn man plötzlich mit drei Menschen zusammenlebt, die ein eingespieltes Team sind. In letzter Zeit habe ich mich oft wie ein Gast in Eurer Welt gefühlt. Ein Zaungast. Oder, besser noch, wie ein Störenfried. Euer Leben lief ja rund ohne mich. Nun hatte es auf einmal Ecken und Kanten.

Vieles hat mich auch viel mehr gefordert als erwartet. Dieser ganze Alltag, in dem die Kinder den Takt vorgeben: Früh raus, Frühstück, Fahrdienst, das volle Programm halt, abends dann auf dem

Sofa abhängen, weil man nicht mal eben spontan raus kann, wenn man Kinder hat. Und ich dachte: Hey, wo bleiben wir? Du und ich? Ich und Du?

So, und jetzt ziehe ich mal blank: Du hast recht, und Du hast recht. Womit?

Thema eins: Weihnachten. Stimmt, ich hasse Weihnachten. Aber zum ersten Mal habe ich mich gefragt, warum eigentlich. Bis ich darauf kam, dass die Weihnachtszeit bei uns zu Hause immer die schlimmste war.

Du ahnst es wahrscheinlich schon: Meine Mutter drehte durch. Komplett. (Tut sie ja heute noch, auch dazu gleich mehr.) Nichts war ihr gut genug, alles musste haarklein so laufen, wie sie sich das vorstellte, ob nun die Deko, das Essen, die Einladungen, der Tannenbaum, dauernd flippte sie aus. Weihnachten war die Hölle.

Das hat Spuren bei mir hinterlassen. Denn mit jeder Kerze, jedem Nikolaus, jeder Lichterkette, die Du aufgehängt hast, bekam ich weniger Luft. Ich meinte zu ersticken, so wie damals immer, wenn meine Mutter die gesamte Wohnung mit ihrer Deko vollstopfte. Im Grunde tat sie das nur für Freunde, Familie und Nachbarn. So wie sie alles immer nur für »die Leute« tat. Mein Vater und ich zählten gar nicht für sie. Was wir dachten, was wir fühlten, darüber ging sie einfach hinweg. In der Weihnachtszeit war es besonders schlimm. Sie wollte die vorzeigbare, perfekte Idylle inszenieren. An den Festtagen war sie dann nur noch ein Wrack. Hatte Kopfschmerzen, schimpfte rum, und ihre Geschenke fand sie allesamt grässlich.

Wundert es Dich, dass ich ein gestörtes Verhältnis zu Weihnachten habe?

Thema zwei: narzisstische Triangel, also, Dings. (Hab's nicht so mit Fremdwörtern, das ist Alisas Domäne.) Ich war so ein Idiot (okay, ist jetzt das dritte Mal, dass ich das schreibe, kann's aber gar nicht oft genug sagen). Du hast mir die Augen geöffnet, welche Rolle meine Mutter in meinem Leben spielt. Ich dachte immer: Na ja, sie ist ein bisschen überfürsorglich, doch letzten Endes meint sie es ja gut. Meint sie nicht.

Es fällt mir schwer, Dir das zu schreiben, aber ja: Sie ist ein schwer zu ertragender Kontrollfreak von oberdominanter Übermutter. (An dieser Stelle muss ich mich tausendmal entschuldigen, dass ich das Wort »Übermutter« jemals in Bezug auf Dich verwendet habe). Du bist herzensgut, verständnisvoll, zugewandt, empathisch. Meine Mutter nicht. Oder nur sehr, sehr bedingt.

Von Anfang an hat sie mich mit vergifteten Fragen belästigt. Bist du sicher, dass Nele die Richtige ist? Du könntest doch hundert bessere Frauen haben, jünger, hübscher, klüger und mit Kinderwunsch. Warum also Nele?

Als sie merkte, dass ich nichts davon hören wollte, hat sie sich auf Dich eingeschossen. Sie wollte Dir nie Ratschläge geben, Nele. Sie wollte Dir zeigen, dass Du die Falsche bist. Dass Du nichts hinkriegst, wie es sein sollte, und Dein Leben deshalb nicht mit meinem kompatibel ist. Hab's leider erst verstanden, als ich Deinen Brief las.

Da war ein Satz, der mir wie ein Messer in die Brust gefahren ist: »Sie entwertet mich. Und damit auch unsere Beziehung.«

Grausam. Aber so wahr.

Du wunderst Dich vielleicht, warum es auf einmal ganz still in der Wohnung ist. Trommelwirbel, Tusch: Ich habe meine Eltern rausgeschmissen. Hochkant. Glaubst Du nicht? Ist aber so. Die sind jetzt mit Alisa und Benny auf einem Weihnachtsmarkt. Und wenn sie die Kinder heute Abend wieder abliefern, schicke ich sie nach Hause. Spaltpilze müssen leider draußen bleiben. Denn drinnen, bei uns, will ich keine Kämpfe mehr. Nur noch Liebe. Und Frieden.

O Mann, ich schreibe so selten mit einem Stift, ich hab schon einen Krampf in der Hand.

Und ich habe jetzt ebenfalls Pipi in den Agen. Die Buchstaben verschwimmen, eine Träne tropft aufs Blatt. Ich drehe es um.

Der Brief ist noch nicht zu Ende. Auch die Rückseite hat Nick eng beschriftet. Dabei muss ich erst mal verdauen, was ich soeben gelesen habe. Ganz ehrlich, ich staune Bauklötze. Und muss ein bisschen Abbitte leisten, weil ich Nick einen solchen Brief gar nicht zugetraut hätte. Als Gesprächspartner war er eine Enttäuschung, als Briefeschreiber ist er eine Riesenüberraschung.

Reden sollen wir, hast du immer wieder gefordert, reden mit Wörtern und so. Ich habe das abgeblockt. Nicht, dass mir keine Worte zur Verfügung ständen. Natürlich kann ich sprechen, auch über mich. Meine Schwäche ist eine andere: Bei uns in der Familie wurde nie geredet. Jedenfalls nicht über die wesentlichen Dinge. Übers Wetter, ja. Über das Essen, klar. Aber über Gefühle? Nie.

Du hast es ja eben nach meinem verunglückten Heiratsantrag erlebt (auch für den entschuldige ich mich, war eine saudämliche, oberpeinliche Schnapsidee).

Alle einigermaßen normalen Eltern hätten danach mit mir gesprochen, mit Dir gesprochen, alles genau erörtert. Was macht meine Mutter? Weiter, immer so weiter. Tänzelt über alle Untiefen hinweg, will die Probleme nicht wahrnehmen – und lösen schon gar nicht, Hauptsache, der äußere Schein bleibt gewahrt: Kochen, essen, basta.

Mein Vater spricht sowieso kaum noch ein Wort. Auch über seine Rolle bin ich ins Grübeln gekommen. Ohne es zu wissen, habe ich mir womöglich ein ganz mieses Muster bei ihm abgeschaut: Klappe halten und warten, bis der Sturm vorbei ist. Letztlich habe ich in den vergangenen Wochen nichts anderes getan: Immer, wenn Streit in der Luft lag, habe ich mich zurückgezogen.

Man sagt ja, auch Männer haben Gefühle: Hunger und Durst. (Haha). Hat ja auch elend lange gedauert, bis ich mir über meine Gefühle im Klaren war. Und jetzt spreche ich nicht von Liebe. Liebe kann jeder. Ich spreche von dem Gefühl, dass wir zusammengehören.

Das ist was Großes, Nele. Was ganz, ganz Großes.

Ich kann mir nicht mehr vorstellen, ohne Dich aufzuwachen. Ich kann mir nicht mehr vorstellen, wie es wäre, wenn ich morgens in ein aufgeräumtes Badezimmer käme, ganz ohne dein Chaos aus Shampoos, Duschgels, Cremes und Lotions. Noch weniger kann ich mir eine Weihnachtszeit vorstellen, in der die Wohnung ohne Deko bleibt. Viel Deko. Megaviel Deko! Weil ich auch das an Dir liebe, Nele. Gerade diese Eigenheiten. Sie machen Dich aus. Sie machen Dich unverwechselbar.

Sie machen Dich zu der Frau, die ich liebe.

Viel zu lange habe ich Dich durch die Brille meiner Mutter gesehen. Heute habe ich das blöde Ding abgesetzt und eine Frau entdeckt, mit der ich das Leben, den Alltag und das Familienleben teilen möchte.

Richtig gelesen. Auch ohne Alisa und Benny kann ich mir kein Leben mehr vorstellen. Alisa ist eine Herausforderung, keine Frage. Aber was ist sie doch für ein amüsantes blitzgescheites Persönchen. Die Welt wäre ärmer ohne sie. Auch ohne Benny, den man einfach liebhaben muss mit seiner niedlichen Art. Ich bin nicht der Vater, das hat Alisa klar erkannt (okay, dafür brauchte sie mal zur Abwechslung kein Superhirn). Ich kann und will auch kein Ersatzvater sein. Aber vielleicht ein väterlicher Freund, der die Kinder beim Größerwerden begleitet, sie unterstützt, der vor allem immer für sie da ist.

Liest Du noch? Oder kommst Du schon? In meine Arme nämlich. Seit ich den Brief unter der Tür durchgeschoben habe, sitze ich davor und warte darauf, nein, nein, ich HOFFE, dass Du dem wortkargen, dumpfbackigen, Dich über alles liebenden Idioten Nick verzeihst.

PS Du wirst es nicht glauben, aber FALLS Du rauskommst (falls, falls, falls!), möchte ich mit Dir REDEN.

Kapitel 18
THANK GOD IT'S CHRISTMAS

Den Song von Queen habe ich immer geliebt. Kein besinnliches Weihnachtslied, zugegeben, aber so herrlich überschwänglich: eine große feierliche Hymne auf das Fest der Feste.

Nahezu ekstatisch gellt Freddie Mercurys Stimme durch die Wohnung. Und nicht nur seine. Ich habe noch schnell den Text ausgedruckt und jedem ein Exemplar in die Hand gedrückt. Jetzt singen alle mit. Nicht perfekt. Aber wer braucht schon Perfektion, wenn ein Lied so inbrünstig rüberkommt, von den Tränen, Hoffnungen und Ängsten des zurückliegenden Jahres erzählt und mit jedem Wort zu den Herausforderungen passt, die wir als Familie hinter uns gebracht haben.

»Oh my love, we've had our share of tears
Oh my friend, we've had our hopes and fears
Oh my friends, it's been a long hard year
But now it's Christmas,
Yes, it's Christmas,
Thank God, it's Christmas«

Es ist ein vielstimmiger Chor, der den Text schmettert. Die Bude ist voll wie noch nie, und obwohl es sich mehr wie eine ausgelassene Party anfühlt, weiß ich, dass gerade eine neue Weihnachtstradition ihren Anfang nimmt. Wie befreiend das ist!

Überglücklich sitze ich auf unserem roten Sofa, inmitten eines fröhlichen Chaos aus durcheinanderwuselnden Gästen, wohlgefüllten Keksschalen und halbleeren Gläsern. Nie hätte ich gedacht, dass dieser Abend nach all den nervenzerfetzenden Komplikationen der Vorweihnachtszeit so schön werden würde. Herzwärmend schön. Das liegt vor allem daran, dass Nick und ich *geredet* haben. Stundenlang. Alles, wirklich alles kam zur Sprache, was uns das Herz schwer gemacht hat: besonders die Hoffnungen und die Ängste, von denen Freddie singt.

Von da an war es ganz leicht. Nachdem wir uns durch das Dickicht unserer Ängste gekämpft hatten, waren die Hoffnungen dran. Und dann wurde eine Idee geboren, die mir jegliche Last von den Schultern nahm: Wenn wir schon mit so vielen unterschiedlichen Menschen feiern, dann sollte sich auch jeder einbringen.

Das betraf zunächst das Essen, also den Programmpunkt, der mir am meisten Kopfzerbrechen bereitet hatte. Noch in der gestrigen Nacht haben wir eine WhatsApp-Gruppe mit dem bezeichnenden Titel *X-Mas Challenge* gestartet. Als Auftakt schrieben wir eine Bitte: Jeder solle mitbringen, was er gern essen möchte. Und jeder hat sich nicht nur an unsere Bitte gehalten, sondern so reichliche Portionen seiner kulinarischen Favoriten beigesteuert, dass auch andere davon probieren können.

Okay, die Nachfrage nach Maria Magdalenas glutenfreiem, laktosefreiem, histaminfreiem Kohlrabiauflauf hält sich in Grenzen. Der Renner hingegen sind Fionas Chicken Wings mit feuriger Texassauce und Süßkartoffelpommes. Heute Morgen hat sie in aller Frühe sämtliche Biometzger leergekauft, mehrere Biogemüseläden gestürmt und ihre Küche glühen lassen, was sie als dreifache Mutter und leidenschaftliche Köchin aus dem FF beherrscht. Das Ergebnis sind mehrere Schüsseln knusprig gebratener Hühnchenflügel, die reißenden Absatz finden. So wie mein Kartoffelsalat nebst Würstchen und der große Topf Nudeln mit Tomatensauce, der Alisas Wunsch nach etwas Veganem entspricht. Selbst der Sauerbraten ist ein Hit. Moment, Sauerbraten?

Ja, wir haben auch Nicks Eltern eingeladen. Aber erst, nachdem sie ein Extrabriefing bekommen haben: keine spitzen Kommentare mehr, kein Mobbing, kein Beef, nur Friede, Freude, Weihnachtsbaum. Und, O Wunder über Wunder: Sie halten sich dran.

Sobald Gabriele am Nachmittag ihren geliebten Sauerbraten in meinen Ofen geschoben hatte, wurde sie zusammen mit Klaus-Peter noch einmal von Nick ins Gebet genommen. War ein hartes Stück Arbeit. Zum ersten Mal hat Nick angesprochen, was ihn seit Jahren stört. Gabriele war völlig von der Rolle. Doch dann hat sie unter Tränen gestanden, wie sehr sie immer unter ihrem selbstgemachten Druck gelitten hatte, mit der Nebenwirkung, dass sie alle anderen terrorisierte.

Selbst Klaus-Peter hat den Mund aufgemacht. Erstaunlich, was da alles rauskam. Gabriele fiel fast vom Glauben ab. Nie hätte sie gedacht, dass sie mit einem denkenden, fühlenden Wesen zusammenlebt, einem Mann, der mehr für sie sein kann als ein stummer Diener.

»Mum, das ist das tollste Weihnachten, das wir jemals hatten«, seufzt Alisa, die neben mir auf dem Sofa sitzt und ihren Kopf an meine Schulter lehnt.

»Und wir haben den schönsten Weihnachtsbaum, der jemals das Licht des Christfests erblickt hat, findest du nicht auch?«

Alisa nickt begeistert. Wir haben den Baum am Tag nach dem zweiten Advent geschmückt, mit allem, was unser Fundus hergab. Selbstbemalte Weihnachtskugeln hängen an den Zweigen, silberne Glöckchen, kleine Spielzeuge von den vielen Wichtelpartys, Schokoladenkringel für Naschkatzen, niedliche Engelchen mit goldenen Flügeln, die ich aus meiner Kindheit herübergerettet habe. Brandneu hinzugekommen sind die Zuckerstangen aus Fimo, die die Kinder bei Fiona gebastelt haben.

Und natürlich ist der Baum über und über mit Lichterketten geschmückt.

Mittlerweile ist es ein Running Gag zwischen Nick und mir. Dauernd fragt er mich schmunzelnd, ob es denn nun auch wirklich genügend Lichterketten für mich sind. Heute Morgen ist er sogar eigens noch mal losgezogen und hat sich unter die panischen Last-Minute-Shopper gemischt, die mit diesem wirren O-Gott-ich-habe-nur-noch-wenige-Stunden-

Blick durch die Läden hasten, um aufzuholen, was eigentlich nicht mehr aufzuholen ist.

Als Nick wiederkam, überreichte er mir eine Lichterkette aus roten blinkenden Herzchen. Könnte es einen bewegenderen Liebesbeweis geben? Jetzt verschönert die Lichterkette unseren ohnehin schon leicht überladenen Weihnachtsbaum, und jedes Mal, wenn ich hinschaue, hüpft mein Herz wie auf einem Trampolin.

»Mum«, wohlig kuschelt sich Alisa an mich, »wusstest du, warum es Nordmanntanne heißt?«

»Nein? Erzählst du's mir?«

»Das würde ich auch gern wissen. Falls ich darf.« Etwas gehemmt, wie es scheint, setzt sich Gabriele zu uns. Sie weiß genau, dass sie einiges gutzumachen hat, wirkt aber ehrlich interessiert. »Und, du schlaues Mädchen? Warum heißt die Tanne so?«

»Sie wurde nach dem finnischen Botaniker und Zoologen Alexander von Nordmann benannt«, doziert Alisa auf ihre unnachahmlich ernsthafte Art. »Er gründete eine Hochschule für Gartenbau und reiste durch die Welt, um neue Pflanzen zu entdecken. Im Kaukasus fand er eine Tannenart mit besonders dicken Nadeln. Und schwupps, gab man ihr den Namen Nordmanntanne.«

»Wie spannend«, murmelt Gabriele beeindruckt.

»Wissen ist immer spannend«, befindet Alisa. »Wenn ich groß bin, werde ich vielleicht auch Botanikerin. Oder Zoologin.«

»Du kannst alles werden«, lächelt Nick, der zu unseren Füßen auf dem Flokati sitzt. Heute Morgen hat er ihn vom Dachboden geholt, kräftig ausgeklopft und ins Wohnzimmer gelegt. »Wo ist eigentlich Benny? Daddelt er im Kinderzimmer auf seiner Playstation rum?«

Auch ich muss lächeln. Wegen des Flokatis. Und wegen Benny. Was habe ich nicht alles mit Fiona und Hermine auf die Beine gestellt, damit die Playstation doch noch auf dem Gabentisch landet. Und nun? Liegt sie unberührt unter dem Weihnachtsbaum. Klar, Benny hat sich wie verrückt gefreut und wird später auch sicherlich damit spielen. Oder morgen. Aber nicht jetzt.

»Er ist mit Daniel und Fionas Jungs draußen im Garten und baut einen neuen, noch größeren Schneemann. Die Kiddies haben viel Spaß.«

»Also bewährt sich meine Idee?«, fragt Gabriele sichtlich erfreut.

»O ja. Und wie.«

Auch so ein Weihnachtswunder. Daniels Besuch hatte mir wie ein Stein im Magen gelegen. Ich sah schon weitere Gläser zu Bruch gehen, malte mir aus, wie er Küche und Bad mit der Tomatensauce beschmierte und Fionas Chicken Wings ins Klo stopfte.

Dann vertraute ich mich Gabriele an, also ausgerechnet der Frau, die mir immer vergiftete Ratschläge um die Ohren gehauen hatte. Das war heute Nachmittag, während ihrer Sauerbratensession. Gabrieles patenter Rat: Lass Daniel ausgiebig draußen spielen. So wie du ihn schilderst, braucht er dringend mehr Bewegung und ein Projekt, mit dem er sowohl Aufmerksamkeit als auch Lob einheimsen kann.

Ein Knaller. Die Sache funktioniert tadellos. Mit Benny habe ich verabredet, dass er mir Bescheid gibt, wenn sie fertig sind. Dann werden wir alle aus dem Badezimmer schauen und applaudieren. Alle, bis auf Maria Magdalena, die selbstverständlich auch heute helikoptert, was das Zeug hält, und draußen den Schneemannbau mit Argusaugen überwacht.

Mein Blick wandert ein weiteres Mal zum Weihnachtsbaum. Beim Thema Geschenke hat sich ebenfalls einiges getan. Alisa hat zwar ihr Smartphone bekommen, mit dem sie zwischendurch weitere Fun Facts über Weihnachten googelt, und Benny seine Playstation. Doch sie werden die einzigen bleiben, die ein materielles Geschenk in den Händen halten.

Mit Fiona und Hermine hatte ich ja verabredet, dass wir uns nichts schenken. Inzwischen gilt eine andere Variante, denn auch in dieser Hinsicht haben Nick und ich eine neue Tradition erfunden. Sie ist zweistufig. Stufe Nummer eins: Das allseits beliebte Schrottwichteln haben wir weihnachtlich angeschärft. Ungeliebte Weihnachtspräsente der letzten Jahre, die noch nicht im Müll gelandet sind, werden zur Verlosung freigegeben. Je hässlicher, kitschiger, schräger, desto besser.

Stufe zwei ist inspiriert von – man glaubt es kaum – Maria Magdalena: Gutscheine für Quality Time. Was ich anfangs als vollkommen behämmertes Nicht-Geschenk abqualifiziert hatte, erwies sich bei näherem Hinsehen als clevere Alternative zum Austausch von durchaus ernst gemeinten Präsenten, die trotzdem kein Mensch will und kein Mensch braucht.

Alle Gutscheine werden laut verlesen. Umso gespannter bin ich, was uns zur Bescherung erwartet.

»Ihr Lieben.« Plötzlich steht Nicks Vater neben dem Weihnachtsbaum. »Ich würde gern ein paar Worte sagen.«

Irre. Klaus-Peter wächst offenbar über sich selbst hinaus. Da schweigt und schweigt er jahrelang, nun drängt es ihn gleich zu einer Rede? Ich kann förmlich spüren, wie Gabriele neben mir versteinert. Immerhin unternimmt sie nichts, um ihren Mann zu stoppen.

»Lasst mich mit einer Vorbemerkung beginnen«, sagt Klaus-Peter gewichtig. »Außer Kindern kenne ich niemanden, wirklich niemanden, der beim Thema Weihnachten keinen Stoßseufzer von sich gibt. Eigentlich sollte man sich auf dieses Fest freuen. Tatsächlich ist aber meist das Gegenteil der Fall. Leider.« Etwas nervös rückt er die rote Fliege gerade, die er heute zu einem blütenweißen Hemd und einem grauen Sakko trägt. »Gabriele, bitte verzeih mir, wenn ich das anspreche, aber auch bei uns bedeutete Weihnachten hauptsächlich Stress.«

Unbeweglich sieht sie ihn an, dann überwindet sie sich zu einem winzigen Nicken.

»Wir sind aber nicht die Einzigen«, fährt Klaus-Peter fort. »Da hat sich was hochgeschaukelt, was uns allen über den Kopf gewachsen ist. Große Erwartungen. Nein, riesige Erwartungen. Üppig soll es zugehen, perfekt soll es sein. Doch heute«, sein Blick streift erst Nick, dann mich, »mache ich eine neue Erfahrung.«

Es wird mucksmäuschenstill im Wohnzimmer. Nur meine Weihnachtsplaylist läuft im Hintergrund weiter: Kling, Glöckchen, klingelingeling.

»Ich gebe offen zu«, betreten schaut Nicks Vater zu Boden, »dass wir anfangs unsere Vorbehalte gegen Nele hatten. Also, gegen Nele als Partnerin unseres Sohns. Was das betrifft, sind wohl die meisten Eltern überkritisch. Hinzu kommt: Sie ist eine besondere Frau mit eigenen Vorstellungen, auch mit einer eigenen unkonventionellen Lebensart. Gott sei Dank!« Er wirft mir einen freundlichen Blick zu. »Nele, du bist unser schönstes Weihnachtsgeschenk. Zugleich bescherst du uns das schönste Weihnachten unseres Lebens. Noch nie war es so fröhlich und so entspannt. Auch die Idee mit dem Büfett, dass die Gäste nach ihrer Fasson gestalten, ist herrlich.« Er hüstelt verschmitzt. »Ihr habt ihn vielleicht noch nicht gesehen, weil er im Kühlschrank steht: den veganen Schokoladenpudding, den ich heimlich gekocht habe, als Gabrieles Sauerbraten fertig war.«

»Yeah-i, Schokoladenpudding«, juchzt Alisa.

Klaus-Peter lächelt ihr gütig zu.

»Gut, dass du dich in Erinnerung bringst, meine Kleine. Denn eines muss ich noch hinzufügen: Heute ist mir zum ersten Mal bewusst geworden, dass ich allen Grund habe, ein stolzer Opa zu sein. Unsagbar stolz. Benny und du, ihr seid die süßesten und liebenswertesten Enkelkinder, die ich …«

Weiter kommt er nicht. Von grenzenloser Rührung übermannt, zieht er ein Taschentuch aus seiner Hosentasche und wischt sich über die nassen Augen. Nick, der bis jetzt atemlos zugehört hat, rappelt sich vom Flokati hoch und nimmt ihn in die Arme.

»Danke für deine lieben Worte, Papa. Das bedeutet mir unglaublich viel.«

»Sag mal, was ist denn bei euch los?«, flüstert Fiona, die sich während der Rede zwischen Nicks Mutter und mich aufs Sofa gequetscht hat.

»Die Liebe ist los«, antwortet Gabriele für mich.

»Oh. Sweet.« Fiona mustert sie von oben bis unten. »Für einen Drachen sind Sie erstaunlich nett.«

Gabriele ruckelt ihren grauen Helm zurecht, bevor sie etwas erwidert.

»Hat Nele mich etwa so genannt?«

»In den dunkelsten Stunden ihrer Verzweiflung«, giggelt Fiona.

»Und jetzt«, Nick hebt die Arme wie ein Preisboxer, der soeben eine Trophäe gewonnen hat, »ist das Schrottwichteln dran!«

Wenige Minuten später hat sich die Stimmung von besinnlich gerührt in albern ausgelassen verwandelt. Es wird viel gekreischt und gelacht, vor allem dann, wenn man seine eigenen Geschenke wiedererkennt. Etwa die doofen Fonduespieße mit Griffen in Form von Tannenzweigen, die ich Fiona letztes Jahr geschenkt habe. Oder den Staubfänger von Traumfänger, den sie mir vorletztes Weihnachten überreicht hat.

Auch Alisa amüsiert sich köstlich. Als das Schrottwichteln seinen Höhepunkt mit einer spektakulär hässlichen Blumenvase aus grobem ockerfarbenem Steingut erreicht, die Nick von seiner Mutter bekommen hat, stupst mich meine Tochter an.

»Du, Mum, weißt du, was ich glaube?«

»Verrat es mir.«

»Ich glaube, Weihnachtsgeschenke wurden erfunden, damit die Leute merken, wie wenig sie einander kennen.«

Kapitel 19

NIKOLAUS, KOMM DOCH AUCH IN UNSER HAUS

Wir sind nicht ins Bett gegangen. Wir sind ins Bett gefallen. Lachend. Glücklich. Und ein bisschen beschwipst.

»Weihnachten könnte ruhig öfter sein«, grinst Nick, der sich nicht mal ausgezogen hat und in Jeans und T-Shirt auf der Bettdecke liegt.

Liebevoll zupfe ich ihn am Ohrläppchen.

»Wow. Das aus deinem Mund. Vom Grinch zum Fan, wo gibt's denn so was?«

»Nur bei dir, Nele.«

»Bei uns«, verbessere ich ihn. »Letztlich haben wir ja nicht nur Weihnachten gefeiert, sondern vor allem das Wir. Das Uns.«

»Nur eines fehlt noch.« Seine Augen fangen an zu glitzern. »Mach dich auf eine Überraschung gefasst.«

»Mit Überraschungen bin ich eigentlich schon ganz gut versorgt«, kichere ich. »Wenn ich an diese Vase des Todes denke, die deine Mutter dir geschenkt hat, unfassbar.«

»Deine Fonduegabeln waren aber auch nicht von schlechten Eltern.«

O ja. Bei den Scheußlichkeiten haben wir uns alle selbst übertroffen.

Selig schaue ich hoch zur Weihnachtsmannlichtergirlande. Was für ein Abend, was für eine Nacht. Alle Gäste sind bis in die Puppen geblieben, sogar Maria Magdalena und ihr Mann, die angekündigt hatten, dass sie wegen Daniel um Punkt zehn Uhr zu Hause sein müssten. Nach dem frenetischen Applaus für »Daniels« Schneemann – man kam überein, ihm den alleinigen Erfolg zu gönnen, wenngleich es ein Gemeinschaftswerk aller Kinder war – erwies er sich als äußerst strapazierfähiger und erstaunlich pflegeleichter Junge. Irgendwann lag er friedlich mit den anderen Kindern auf der großen Kuschelwiese aus Kissen und Decken, die ich in Alisas und Bennys Zimmer aufgebaut hatte, und lauschte einer Harry-Potter-Episode.

Währenddessen ging es im Wohnzimmer schon hoch her. Nicht ganz unschuldig daran war Hermine. Sie schaute noch auf einen Sprung vorbei, erzählte von ihren überaus erfreulichen Dates mit Herrmann und brachte einen selbstgemachten Eierpunsch mit. Viel Eierpunsch. Mehrere Flaschen. Er schmeckte so köstlich, dass wir den Alkoholgehalt erst registrierten, als es zu spät war. Da tanzten wir schon munter durch die Weihnachtsstube, und bei der Verlesung der Gutscheine hatte so mancher Probleme mit der unfallfreien Artikulation.

Das tat der Aktion aber keinerlei Abbruch. Nick hat seiner Mutter einen Nachmittag in ihrer unaufgeräumten Küche geschenkt, an dem sie einfach nur in Zeitschriften blättert, statt alles auf picobello zu wienern. Fiona hat von mir eine Stunde

Durchatmen bekommen, die sie damit verbringen soll, Löcher in die Luft zu starren und sich zu überlegen, was sie mit dem Rest ihres Lebens anfangen will.

Für mich hat sich diese Frage erledigt. Die Antwort liegt neben mir.

Nur ein Gutschein wurde nicht verlesen: Nicks für mich. Das sei dann doch zu privat, hat er sphinxhaft lächelnd verkündet.

»Sag mal, Schatz«, mit einem Finger male ich Herzchen auf seine T-Shirt-Brust, »meinst du mit der Überraschung vielleicht deinen Gutschein?«

»Gut kombiniert, Mrs Holmes.«

»Dann mal raus mit der Sprache. Bin ganz Ohr.«

»Lies selbst.« Aus seiner Hosentasche holt er einen zusammengefalteten Zettel und reicht ihn mir. »Ich fürchte, ich bin zu beschwipst, um meine eigene Schrift zu entziffern.«

»Die kann man auch ohne Schwips kaum lesen«, ziehe ich ihn auf.

Dann entfalte ich den Zettel und streiche ihn glatt. Nick hat denselben lila Stift benutzt wie für den ellenlangen Brief, den er gestern unter der Badezimmertür durchgeschoben hat. *Gutschein für einen unvergesslichen Anblick* steht auf dem Zettel. Gespannt schaue ich ihn an.

»Geht das auch etwas konkreter?«

»Dafür brauche ich Musik.«

»Musik? Gut, wie du willst.«

Etwas schläfrig angele ich mein Handy vom Nachtschrank und gehe in eine meiner Weihnachtsliederplaylists. Das Erste, was mir ins Auge fällt, ist »Nikolaus, Nikolaus, komm doch auch in unser Haus«. Ob das passt? Versuch macht klug.

»Eigenwillige Musikwahl«, lacht Nick leise. »Aber ich werde mein Bestes geben.«

Er hat sichtlich Mühe, aus dem Bett zu kommen. Dann fängt er an zu tanzen. Und zu strippen! Du meine Güte, Nick! Schon fliegt sein T-Shirt in die Ecke, die Socken fliegen nach einer waghalsigen Hüpfpartie hinterher.

»Und jetzt«, effektvoll langsam öffnet er seine Hose. »Kannst du deinen Gutschein einlösen.«

Ich reiße die Augen auf.

»O. Mein. Gott. Nick!«

Aufreizend wackelt er mit den Hüften, während ich ihn anstarre, als hätte ich Halluzinationen. Der Mann, der mich mit seiner Weihnachtsphobie fast in den Irrsinn getrieben hätte, trägt eine Boxershorts mit kleinen roten Nikoläusen.

»Die habe ich heute Morgen geholt, zusammen mit der Lichterkette«, verrät er mir triumphierend.

»Nick, du bist …«

»Eines muss ich noch dazu sagen«, erklärt er verschwörerisch. »Es war nicht nur ein Gutschein, es ist auch ein Geschenk. Das müsstest du allerdings auspacken. Na los, worauf wartest du?«

Kira Mohn
Note to myself: Liebe ist keine Option
Roman
377 Seiten. Klappenbroschur
ISBN 978-3-352-01000-2
Auch als E-Book lieferbar

Lass uns Freunde werden – oder lieber doch nicht …?

Alice ist fertig mit der Welt – genauer: mit ihrem Freund, seit Neuestem: Ex-Freund. Weil sie deshalb ein wenig die Fassung verliert, landet ihre Matratze dummerweise auf dem Kopf des völlig unbeteiligten Lennon. Bei einem gemeinsamen Drink schaltet der dann ziemlich schnell von zu Recht sauer auf zunehmend hingerissen. Doch Alice hält ihr Leben mit Listen im Griff, und im Moment ist gerade »Alles, was ohne Männer mehr Spaß macht« angesagt. Aber Lennon lässt nicht locker und taucht immer wieder in der Kinderbuchhandlung auf, in der Alice arbeitet. Als er es schafft, noch einen Blauwal ins Spiel zu bringen, zeigen sich auf einmal Wege aus der Friendzone …

Regelmäßige Informationen erhalten Sie über unseren Newsletter.
Jetzt anmelden unter: www.aufbau-verlage.de/newsletter

rütten & loening